BILLARD BLUES

Paru dans Le Livre de Poche :

L'APICULTEUR

OPIUM

MAXENCE FERMINE

Billard Blues

suivi de

Jazz Blanc et *Poker*

ALBIN MICHEL

Pour Sandrine.

Billard Blues

Et voilà, ça commence tous les soirs comme ça, avec un air de blues, un morceau de Muddy Waters, de Big Bill Broonzy, de Sonny Boy Williamson, de Lightnin' Hopkins ou d'un autre grand, peu importe, mais toujours et uniquement du blues !

Parce que, ici, ce n'est pas la simple arrière-salle d'un club de billard à la noix, non, mais un lieu magique, tout au bout de la route du blues, à Chicago, au Septième Ciel de la musique noire, quelque part dans l'univers infini de la vraie vie, là où la musique se joue à tous les coins de rues... Et on y vient d'abord pour écouter du blues !

Pas n'importe quel blues. Juste celui qui arrache les tripes et fait couler les larmes, celui qui vous tient debout et vous fiche par terre en même temps. Le blues qui vient du Sud, de Louisiane, du Mississippi, et qui est remonté lentement vers le Nord, de guitare en harmonica, au rythme lancinant de ses douze mesures, passant par Memphis, Nashville, Saint Louis et Chicago !

Moi, j'étais venu à Chicago pour cette musique et j'ai joué dans ce club, le Billard Blues, et je ne l'ai pas regretté. Quand tu possèdes la musique, tu possèdes tout. Le blues, c'est un don du ciel, quelque chose qui coule dans tes veines, qui te nourrit et te remplit l'âme.

Tu l'as ou tu l'as pas, c'est tout. J'ai connu des types, des vrais professionnels qui jouaient sur toutes les scènes du monde, des types capables de déchiffrer n'importe quelle partition et de la reproduire sans une fausse note, de vrais techniciens sortis frais émoulus du conservatoire... Bon, je dis pas que ces gars-là étaient tous comme ça, mais si tu leur enlevais leur partition et que tu leur demandais de jouer un morceau rien qu'avec leurs tripes, ils t'auraient regardé comme si tu leur avais demandé de décrocher la lune.

Les vrais musiciens de blues, ça ne court pas les rues. Pour ça, il faut avoir connu la mélancolie au moins une fois dans sa vie. Et la mélancolie, ça ne s'apprend pas.

Tout ce qu'on peut supposer, c'est qu'elle est née sous le ciel lointain du Mississippi. Et qu'il lui faut pour grandir une peau noire, et aussi une vie d'esclave brûlée au soleil des champs de coton. Alors, oui, un matin, l'esclave s'arrête là, en plein milieu de son labeur, s'assoit par terre, prend une guitare ou Dieu sait quel instrument, et se met à psalmodier toute l'étendue de sa misère, ce truc indéfinissable, cette complainte sur trois accords, une harmonique constante sur un rythme à quatre temps. Que soudain de jouer ça, sa vie n'est plus de la tristesse, non, la tristesse c'était plutôt ce qu'il ressentait avant, quand il travaillait dans le champ de coton, mais de la mélancolie, déjà du blues, de la beauté, quoi !

La mélancolie, moi je l'ai rencontrée un soir de Noël, dans les années 30, un de ces soirs où la vie ressemble plus à un mauvais film de série B qu'à un conte de fées. Vous connaissez « La petite marchande d'allumettes » d'Andersen ? Oui ? Alors pas la peine de vous faire un dessin. A l'époque, je n'étais qu'un môme, mais je jouais pour gagner ma vie. A vrai dire, la vie, ça ne se gagne pas facilement. Et même ça se perd. Vite et bien. Pour toujours. La vie, en fait, c'est une partie de poker. Tout dépend de la valeur des cartes que tu as en main. Moi, question donne, j'avais plutôt fait la mauvaise pioche. J'étais noir, sans diplôme et sans le sou. Mauvaises cartes d'entrée de jeu.

J'avais quitté très tôt le Sud pour venir tenter ma chance à Detroit, puis à Chicago. Avec pour tout bagage ma jeunesse, une guitare, et l'amour du blues. Un sacré brelan. C'est avec ça que j'ai pu continuer la partie et gagner ma vie.

Donc, ce soir-là, comme tous les soirs, je jouais au Billard Blues Club, juste pour quelques poules de luxe et une poignée de richards que le krach boursier de 1929 avait épargnés – mais depuis la Grande Crise il y en avait de moins en moins, des types et des filles, à venir m'écouter et j'avais chaque fois un peu moins envie de jouer. C'était une sale époque où on pouvait rencontrer un soir, au club, un milliardaire habillé comme un milord, monocle, chapeau haut de forme, smoking noir et tout le tralala, entouré de filles belles à damner un ange, un type plein aux as, quoi, une coupe de champagne dans une main et un cigare dans l'autre, capable de payer cent dollars pour entendre ma musique... Et le revoir le lendemain au coin de la rue, toujours sapé comme un milord, mais tout seul et assis sur le trottoir, son chapeau haut de forme renversé à ses pieds. Alors, en général, je m'arrêtais, je savais que le blues était de son côté, je prenais dans mon portefeuille un billet d'un dollar, et je le glissais dans son chapeau.

La musique, on a tous la nôtre, un air à soi. L'important, c'est de savoir le jouer assez bien pour que les gens aient envie de l'écouter. Ce n'est pas de la technique, ça, ni de l'inspiration ou du génie. C'est de l'émotion. Et pour moi, comme pour tous les gens qui étaient présents, ce soir de Noël allait être la plus belle émotion de ma vie. Grâce à la musique, bien sûr, mais aussi grâce au maître des lieux : le billard !

Pas n'importe quel billard. Le français à trois billes, deux blanches et une rouge : la vie, le destin et le hasard. C'est tout ça, le billard français. Un jeu terrible, sans trou ni rien, sans échappatoire d'aucune sorte, mais un jeu magique parce que la vie, tant que tu es sur le tapis, tu peux la jouer. Et l'endroit magique où on la jouait s'appelait le Billard Blues Club !

Avec un nom comme ça, on pourrait penser qu'il n'y a plus rien à ajouter. Et pourtant si, une chose. Simplement que le meilleur joueur de billard de la planète atterrissait tous les soirs ici même, que ce type avait été cinquante et une fois champion du monde, et que son nom, son nom à lui, c'était Willie Hoppe !

Quand tu es à Chicago, en train de jouer une drôle de musique sur une vieille guitare acoustique, sans autre partition que ta seule sensibilité, alors que dehors la neige tombe et qu'un type, une queue de billard à la main, s'approche de toi et te souffle : « T'arrête pas, gamin. Continue à jouer. Je gagne chaque fois que tu joues cette musique-là ! », alors tu peux te dire que tu vis un moment d'exception.

Willie Hoppe ! Le pur génie du billard français ! L'extraterrestre du trois-bandes ! Le champion du carambolage ! Le virtuose du procédé ! L'artiste incontesté du tapis vert ! Le maître du rétro ! L'inventeur du Diamond Drink !... Cinquante et une fois champion du monde ! Vous vous rendez compte ? Pas une, ni deux, non, cinquante et une fois !

Vous n'êtes pas obligé de me croire, mais ce type, avant même de le voir s'approcher d'un billard, j'avais deviné que c'était un grand champion. Il le portait sur lui comme d'autres portent une cravate. On sentait qu'il était d'une autre trempe, rien à voir avec tous les bouseux qui écumaient les salles de la région dans l'espoir de se faire quelques billets verts. A le regarder tourner sans bruit autour du billard, on aurait dit qu'il glissait comme un animal sauvage guettant sa proie. Il prenait son air de ne pas y toucher, et d'un seul coup alignait les points à une vitesse hallucinante, parfois plus de deux points à la seconde quand il réussissait à coller les trois billes contre la bande. Nous, les musiciens, on allait le regarder jouer, et ça nous faisait bien rigoler de voir le juge s'arracher les cheveux à essayer de compter les points. Il n'avait pas le temps de courir au tableau de marque que ça y était, Hoppe avait inscrit un point de plus. C'était à hurler de rire. Willie, au milieu de tout ce cirque, imperturbable, continuait à jouer comme si de rien n'était, adressant de temps en temps un sourire en coin à son adversaire qui attendait son tour, assis sur une chaise, la main crispée sur sa queue de billard, la tête du type à qui on vient d'annoncer que le percepteur passerait pour les étrennes.

Willie Hoppe, bon sang ! Un gars extraordinaire. Mais bon, un type qui commence le billard à cinq ans et qui, à onze ans, peut déjà aligner une série de mille points d'affilée, n'est pas vraiment banal.

Donc, ce soir-là, Hoppe est arrivé vers moi et m'a dit :

– Continue à jouer, petit. Ça me fait gagner. Continue à jouer du blues.

Moi qui n'avais jamais demandé autre chose à la vie, j'ai senti que je venais de trouver là ma bonne étoile... Et je me suis mis à jouer comme un fou.

A la fin du morceau, j'ai levé les yeux et Hoppe m'a fait un clin d'œil. Il venait de réaliser une série de cinquante points en moins de trois minutes. Foudroyant. Puis il s'est approché de moi, m'a tendu un verre et m'a dit :

– Le billard a connu deux révolutions capitales. La première, c'est lorsque les joueurs ont décidé de supprimer les blouses, tu sais, ces petites poches dans lesquelles les billes tombaient. Ça a donné le billard à trois billes.

– Et la deuxième ?

Il a allumé un cigare en comptant la liasse de dollars qu'il venait de gagner au pauvre type trop sûr de le battre – une sacrée raclée en fait –, puis il a planté ses yeux dans les miens et a ajouté en fronçant les sourcils :

– La deuxième, c'est quand des types comme toi se sont mis à jouer du blues pendant que je jouais au billard !

Je suis resté sans voix.

En smoking noir et nœud papillon, le sourire aussi éclatant que s'il vantait les mérites d'une pâte dentifrice, une énorme chevalière en or à l'auriculaire de la main droite, c'était le genre de gars qui vous en bouchait un coin au premier coup d'œil. Puis, tout en me souriant, il a pris un billet de dix dollars et, avec un doigté aussi précis et délicat que s'il s'agissait de retirer la culotte d'une jolie fille sans faire claquer l'élastique, l'a glissé entre les cordes et le manche de ma guitare.

– Voilà pour toi. La musique, ça se paye. Surtout quand c'est du blues.

La troisième révolution que le billard a connue, je peux vous le dire, c'est quand Willie Hoppe est né. On racontait tous son histoire, elle se transmettait de club en club, de joueur en joueur. L'histoire d'un homme né sous une bonne étoile.

Le père de Willie Hoppe possédait un petit hôtel à Cornwall-sur-Hudson dans l'État de New York. Dans l'hôtel il y avait un billard et, lorsque Willie eut cinq ans, son père lui apprit à jouer. Le gosse passa les années suivantes à essayer toutes les combinaisons possibles. Tout à fait le genre de truc à rendre fous les parents. Quand une chose lui plaisait, Willie la répétait à l'infini, jusqu'à en devenir complètement timbré. Son père lui ayant appris à faire les rétros – vous savez, ce coup qui, savamment distillé, permet en même temps de faire revenir la première bille en arrière et d'épater la galerie –, eh bien Willie le réussit si bien qu'il refusa de quitter le billard avant de réaliser une série de cinq cents. Sans le savoir, il était déjà devenu l'un des meilleurs joueurs de billard de tout le pays.

Un jour, un commis voyageur – un de ces types qui

sillonnent les États d'hôtel en hôtel pour vendre leur camelote –, le voyant faire le pitre autour du billard, lui proposa une partie. Willie accepta. Le type manqua le premier point. Willie s'approcha de la table à son tour... et termina la partie en une seule reprise.

Le commis voyageur manqua de s'étrangler de stupéfaction.

– Qui es-tu, petit, pour me foutre une raclée pareille ?

– Je m'appelle Willie Hoppe !

– Et quel âge as-tu ?

– Pas encore neuf ans.

Le commis voyageur ne supporta pas cette dernière phrase et, de rage, il cassa sa queue en deux.

A quinze ans, Willie Hoppe réalisa une série de deux mille points. C'est à partir de cet exploit qu'il commença à se produire de ville en ville. Il devint très vite une légende vivante. Son nom était si connu qu'à chaque démonstration, il y avait toujours un type dans la foule des spectateurs pour demander en braillant :

– Alors, lequel des deux joueurs est le fameux Hoppe ?

C'était la grande époque du billard, celle des champions américains comme Welker Cochran, Slosson, le professeur sans mains, G.H. Sutton, un des meilleurs joueurs du début du XXe siècle – est-ce que vous pouvez imaginer ce truc incroyable, un joueur de billard sans mains et qui pourtant jouait mille fois mieux que vous ou moi ?

Et puis Jake Schaefer, Johnny Layton, Charlie Peterson... Tous ces gars étaient de sacrés champions. Et ils avaient quelque chose en commun. Ils jouaient pour s'amuser. Pas un seul d'entre eux ne se prenait au sérieux. Pendant plus de vingt ans, ils se retrouvèrent chaque semaine dans la tournée de toutes les villes des États-Unis, voyageant dans les mêmes trains, jouant dans les mêmes salles, dormant dans les mêmes hôtels. Et malgré la compétition acharnée, malgré l'enjeu des parties, ces gars-là étaient des amis.

Un jour, alors qu'ils se rendaient ensemble à Chicago pour une démonstration, Sutton passa tout le temps du voyage à balancer son bras d'avant en arrière, comme un métronome. A la fin, il se leva d'un bond et s'écria :

– Ça y est, les gars, je l'ai !

– Tu as quoi ? demanda Hoppe.

– Mon coup de queue !

Et puis, tout doucement, ces champions se sont mis à vieillir. Sutton est mort, Schaefer s'en est allé à son tour, et Willie Hoppe s'est retrouvé tout seul. Le billard, qui avait connu son heure de gloire jusqu'à la fin des années 20, ne devenait plus que le décor d'une époque. Les années 30 marquèrent le déclin du jeu. L'arrivée du flipper et les lois interdisant les mises d'argent allaient tout bouleverser.

Alors Willie Hoppe quitta New York pour Hollywood. Après avoir traîné ses guêtres dans tous les décors de cinéma à la noix, il prit la tangente et se retrouva un jour à Chicago, au Billard Blues Club.

Le soir où Willie Hoppe me parla, il neigeait.

Et déjà, lorsque la neige tombe un soir de Noël, tu peux te dire qu'il va se passer quelque chose de magique. Un peu comme si le père Noël était annoncé et devait apporter un de ces cadeaux que les gosses n'oublient jamais. Un truc de conte de fées comme il en existe dans les bouquins ou au cinéma.

Ce que je veux dire, c'est que je n'étais qu'un môme, bien sûr, et normalement j'aurais dû ne pas le comprendre, mais je peux vous jurer que je savais déjà que la scène à laquelle j'allais assister resterait à jamais gravée dans ma mémoire. Une sorte de miracle de Noël.

C'était ici même, au Billard Blues Club, et en pleine prohibition. Le gouvernement américain avait interdit la vente de boissons alcoolisées, ce qui avait immédiatement créé un trafic illicite, trafic dont les plus grands gangsters de Chicago tenaient les rênes et dont le Billard Blues Club était l'une des plaques tournantes. Et parmi les têtes d'affiche des truands, le pire de tous était un nommé Al Capone. Un gars plutôt bien charpenté, avec une énorme cicatrice sur la joue, qui le faisait surnommer le Balafré. Il avait des bagues à tous les doigts, un gros cigare entre les dents, le revolver à la ceinture et l'index chatouilleux. Tout à fait le genre de type à vous tirer dessus pour un oui ou pour un non. Et ses hommes le redoutaient. Un jour, un de ses lieutenants à qui il avait demandé d'aller acheter une boîte de cigares au tabac du coin avait oublié de lui rendre la monnaie. Il s'était retrouvé avec une balle logée dans le pied.

– Voleur ! Misérable ! Me faire ça à moi ! avait crié Capone à l'adresse du malheureux qui dansait comme un Apache autour d'un poteau de torture.

Et à l'adresse de ses autres lieutenants :

– Ma mère m'a toujours appris qu'on pouvait voler n'importe qui, mais jamais un membre de sa famille !

Depuis ce jour-là, les types à qui Capone confiait

ses commissions vérifiaient toujours trois fois leur monnaie.

Donc, ce fameux soir de Noël où Willie Hoppe jouait au Billard Blues Club, Al Capone entra et tout bascula autour de moi.

Un bruit de moteur au-dehors, et une grosse cylindrée s'arrêta pile devant la porte en faisant crisser ses pneus. Les portières claquèrent, un type entra en riant, suivi par trois gangsters armés jusqu'aux dents et une fille qui gloussait comme une poule. C'était Al Capone en personne. Il s'arrêta dans l'entrée, regarda le plafond et s'écria :

– Bordel ! je supporte pas toutes ces lumières !

Là-dessus il sortit son revolver et tira trois coups de feu. Bruits de verre des lampes qui explosent... Puis il alla s'asseoir tranquillement à une table marquée « RÉSERVÉ ». Le patron du bar se précipita aussitôt pour prendre la commande.

– Alors Charlie, tu te crois à la fête foraine ? Tu tiens à ce que les flics se radinent ? Pourquoi tu colles pas une enseigne marquée : ICI ON VEND DE L'ALCOOL, en guise de sapin de Noël ? Tu te fous de ma gueule ou quoi ?

La fille se mit à rigoler comme une greluche. Mais Charlie, lui, n'avait pas vraiment le cœur à rire.

– Excuse-moi, Al, je voulais pas t'offenser et...

Capone, qui était un vrai gangster, avait horreur qu'on lui parle en direct. Il adorait faire mariner ses victimes et, pour cela, le Duke, un de ses lieutenants aussi aimable qu'une porte de prison et qui chaussait du quarante-sept, lui servait d'interprète.

– Hé ! Charlie, depuis quand t'as perdu l'usage des bonnes manières ? Tu me déblatères en direct, maintenant ? Qu'est-ce qui te prend de me postillonner dans la figure ? Tu voulais pas quoi ?

Capone se tourna vers le Duke et répéta :

– Il voulait pas quoi ?

Le Duke se tourna à son tour vers Charlie et demanda :

– Tu voulais pas quoi ?

Charlie, aussi à l'aise qu'un gorille dans une paire d'escarpins, n'en menait pas large.

– Dis-lui que je suis désolé et que ça ne se reproduira plus.

Le Duke se tourna alors vers Capone et répéta :

– Il dit qu'il vous emmerde, patron.

– Hein ? gueula le Balafré.

Charlie devint pâle comme un linge.

– Mais c'est pas vrai, j'ai jamais dit que...

Avant qu'il pût terminer sa phrase, Capone l'empoigna par le col de chemise et le plaqua contre la table, le canon de son revolver bien appuyé sur la tempe.

– Bordel, qu'est-ce que t'as dit ?

– C'est pas moi, c'est le Duke !

– Hein ? Qu'est-ce que tu dis, j'entends pas !

– Il dit qu'il vous emmerde encore plus, patron ! traduisit le Duke.

Capone devint rouge comme une tomate et fit mine d'exploser.

– Putain, je vais te faire exploser la cervelle ! Fais ta prière ! Je compte jusqu'à trois et je tire !

Charlie se mit à trembler comme une feuille et le supplia du regard. Mais Capone commença à compter, impassible.

– Un... Deux...

– Pitié !

– Trois !

Et il appuya sur la détente, dans un silence de mort.

Le percuteur sonna à vide. Capone éclata de rire.

– Ha ! Ha ! Charlie, avoue que tu as pété de trouille !

Charlie, plus mort que vif, glissa sur le sol comme une anguille sur une planche à savon.

Capone se tourna vers le Duke et lui fila deux claques.

– Tiens, toi ça t'apprendra !

– Pardon, patron. Je voulais pas vous insulter. C'était juste pour rire.

– Imbécile ! Il ne s'agit pas de ça. Tu aurais pu le dire qu'il n'y avait pas de balle dans le barillet !

Le Duke haussa les épaules.

– Si on buvait un coup ? gloussa la fille.

– D'accord, dit Capone.

Il fila un coup de pied à Charlie, toujours vautré sous la table, et lui ordonna d'un ton péremptoire :

– Hé ! Charlie, amène-nous du champagne ! Un magnum !

Le barman s'exécuta tant bien que mal.

– Oh ! fit la fille, du champagne ! T'es un vrai prince, mon chéri !

– Ben quoi, après tout, c'est Noël !

Elle se leva et se mit à l'embrasser tout en minaudant comme elle avait l'habitude de le faire. Capone lui fila une baffe et elle se rassit aussi sec.

– Ferme-la, Suzy ! C'est pas le moment.

Puis il se tourna vers la scène et se mit à brailler :

– Hé ! c'est quoi cette musique de nègre ? Tu peux pas jouer autre chose ? Un truc un peu plus romantique pour ma copine et moi ?

C'était ça, Capone. Et cette musique de nègre, comme il l'appelait, c'était moi qui la jouais.

– Arrête ça !

Capone me parlait mais je faisais semblant de ne pas entendre. C'était pas que je voulais faire le malin ou finir avec un pruneau entre les deux yeux, non, tout simplement je savais que j'étais fait pour jouer cette musique et rien d'autre, un point c'est tout. Et du moment qu'un type comme Willie Hoppe m'avait demandé de jouer, j'étais prêt à tenir toute la nuit s'il le fallait.

– Hé ! microbe, t'as les esgourdes ensablées ? Le boss vient de te dire de la boucler.

C'était la voix du Duke. Une voix glaciale. Mais je continuai à jouer, comme si de rien n'était.

Alors le Duke sortit son revolver et se mit à viser le manche de ma guitare. Il faisait jouer le percuteur lorsqu'une queue de billard s'abattit violemment sur ses doigts, ce qui eut pour effet immédiat de lui faire lâcher son arme et de lui arracher un hurlement de douleur.

– Bordel ! Qu'est-ce que c'est que ce type ? éructa le Duke.

Le type en question, qui venait de me sauver la mise, se tenait bien droit face au truand, et il fumait un cigare le plus placidement du monde, comme s'il était en train de discuter avec un membre d'une œuvre de charité. Puis tout en faisant tournoyer sa queue de billard, il fronça les sourcils comme pour réprimander un gosse et dit au Duke d'un ton ferme :

– Je te conseille de ne pas te servir de ton arrosoir. On ne tire pas sur un homme désarmé. Pas plus qu'on ne tire sur un guitariste, ça porte malheur, aussi vrai que je m'appelle Willie Hoppe !

Capone, qui était prêt à intervenir et à transformer

Hoppe en passoire, tomba des nues quand il entendit son nom.

– Willie Hoppe ? Pas le Willie Hoppe champion du monde de billard, quand même ?

L'homme se tourna vers Capone :

– Je ne suis peut-être pas le seul Willie Hoppe sur cette fichue planète. Mais il n'y a qu'un seul champion du monde de billard à porter ce nom. Et je suis celui-là.

Capone, soudain, fondit comme neige au soleil, et se mit à pleurer tel un gosse.

– Bon Dieu, c'est papa qui serait content s'il était là. Vous étiez son idole !

Hoppe, légèrement attendri, se dérida un peu.

– Ravi de l'apprendre.

Le Balafré se mit soudain à cogner sur la tête du Duke en criant :

– Bon sang, et toi qui voulais dessouder ce type ! Abruti !

– Excusez-moi, patron, je pouvais pas savoir qui c'était.

– Triple buse ! Où as-tu appris les bonnes manières ? On demande leur nom aux gens avant de leur tirer dessus !

Puis se reprenant :

– Venez vous asseoir à notre table, monsieur Hoppe. Charlie, apporte-nous une coupe de plus !

– Désolé, fit Willie, je ne bois jamais avant une partie de billard. C'est un principe.

– Parce que vous jouez ce soir ? demanda Capone.

– Oui. D'ailleurs mon adversaire ne doit pas tarder à arriver.

Willie s'apprêtait à retourner à sa table de billard, mais le Balafré se précipita au-devant de lui.

– Monsieur Hoppe, permettez-moi de vous affronter ce soir. J'ai toujours rêvé de jouer contre vous.

Capone parlait comme un gosse qui vient de redécouvrir le jouet qu'il croyait perdu à jamais. Et c'était étrange de voir ce tueur redoutable devenir soudain aussi doux qu'un agneau. Le Duke et ses acolytes, et aussi Suzy qui ne riait plus, n'en croyaient pas leurs oreilles, et même Charlie, encore vert de peur, se demandait si Capone ne se payait pas la tête de Hoppe.

– Je vous en prie, monsieur Hoppe, ça me ferait tant plaisir que vous acceptiez...

Willie n'était pas du genre à se démonter devant un truand, même armé d'un 6,35 et d'une réputation aussi sulfureuse que celle de Capone. Il répondit d'un ton très calme :

– Désolé, mais je crois que ce sera pour une autre fois. D'ailleurs, voilà mon adversaire qui arrive.

Un homme entra dans le bar. Il eut à peine le temps d'enlever son chapeau que Capone lui canardait les orteils, le forçant à effectuer une danse de Saint-Guy. Il déguerpit illico en beuglant :

– Mais il est malade, ce type !

En fait, Al Capone n'était pas vraiment malade, pas à proprement parler. Il avait juste envie de jouer au billard contre Willie Hoppe, et ce qu'il ne supportait pas, mais alors vraiment pas, c'était d'être contrarié.

– Je crois qu'il a eu un contretemps, dit Capone avec un sourire. Alors, vous acceptez la partie ?

Willie le toisa.

– Très bien. Mais à deux conditions.

– Lesquelles ?

– Dix dollars le point, le premier qui atteint le score

de cinquante est déclaré vainqueur. Et ce gosse joue du blues. Rien que du blues.

Capone regarda autour de lui. Le Duke et ses acolytes avaient le regard fixé sur lui, prêts à dégainer au moindre signe.

– Qu'est-ce que vous en pensez, les gars ? demanda Capone.

Les trois affreux hochèrent la tête en signe d'assentiment, ce qui lui arracha un sourire. Toute cette histoire commençait à l'amuser, et à cette époque de sa vie, ce n'était pas monnaie courante. Il venait de perdre deux hommes dans un règlement de comptes, les fédéraux d'Eliot Ness le traquaient jour et nuit, et Frank Nitti, son plus fidèle lieutenant, attendait qu'il trébuche pour le descendre et prendre sa place. Bref, les affaires allaient mal et Alcatraz n'était plus très loin. Il fallait se dépêcher de prendre du bon temps.

L'idée de jouer contre le champion du monde l'excitait de plus en plus. Il se tourna vers Willie et lui dit :

– Vous, vous avez une sacrée paire de couilles !

Hoppe remonta son pantalon pour lui faire comprendre qu'il approuvait. Les deux hommes s'observèrent pendant un long moment, puis Capone sortit un cigare de sa poche, l'alluma, tira une bouffée et annonça :

– D'accord. J'accepte. Mais pas à dix dollars. On joue à cent dollars le point !

Rumeur dans l'assistance. Jamais personne n'avait joué à cent dollars du point au Billard Blues Club. Un long silence, puis la voix de Hoppe :

– D'accord. Cent dollars le point.

C'est comme ça qu'a commencé la partie du siècle entre Al Capone et Willie Hoppe. Je n'étais qu'un môme, c'est vrai, mais je peux vous jurer que je n'ai rien oublié de ce que j'ai vu ce soir-là.

Capone commença par enlever son veston, leva les bras et, aussitôt, tout le monde se mit à applaudir.

– Vas-y, Al ! cria Suzy. Fais-lui voir que t'es le plus fort !

Le Balafré s'approcha du billard, jeta une liasse de cinq mille dollars sur le tapis, et dit à Willie :

– Sortez votre pognon. Cinquante points à cent dollars, ça fait cinq mille dollars !

Bien sûr, Hoppe n'avait pas cinq mille dollars sur lui, et peut-être n'avait-il jamais vu une somme pareille, mais il ne se démonta pas pour autant. Il se tourna vers Charlie et dit :

– Hé ! Charlie, avance-moi cinquante gros billets sur mes prochains contrats.

Charlie, encore plus livide que d'habitude, rétorqua :

– Si tu perds la partie, tu devras jouer gratis chez moi le reste de ta foutue existence pour me rembourser.

– C'est d'accord.

Comme Capone commençait à faire jouer le percuteur de son instrument à vent, Charlie s'empressa de dire :

– Marché conclu. Cinquante gros billets pour Willie.

Il ouvrit son tiroir-caisse, prit une grosse liasse de dollars et la jeta sur le tapis. Et le match commença. Mais pas de la façon dont le champion du monde de billard aurait pu le prévoir.

– D'abord, dit Capone, il faut nous échauffer un peu. Allons boire un verre ou deux.

– Je ne bois jamais avant de jouer, répéta Willie.

Capone le regarda en rigolant.

– Qui parle de se torcher ? Juste un verre ou deux pour sympathiser, c'est tout.

Il avait un air jovial et il prit Hoppe par les épaules comme s'il s'agissait là des retrouvailles de vieux copains de taule.

– D'accord, dit Willie, jugeant préférable d'accepter l'invitation mais voyant très bien où Capone voulait en venir.

L'alcool et le billard avaient toujours constitué pour lui un mélange détonant, et ses rares défaites lui restaient imputables.

– Charlie, sers-nous quelque chose de léger, dit Capone. Disons trois verres de bière chacun !

Willie le fusilla du regard.

– Un verre suffira, mais puisque vous voulez me tester, allons-y. Connaissez-vous ce jeu très amusant qui consiste à mesurer la précision de votre coup de queue en utilisant un verre de bière et un comptoir ?

– Non, fit Capone.

Charlie aligna les six verres de bière. Hoppe en saisit un et le fit glisser de l'autre côté du comptoir. Le verre s'arrêta à quelques centimètres du bord.

– Vous voyez, monsieur Capone, c'est très facile. Il suffit de faire glisser le verre en calculant la force nécessaire pour le rapprocher le plus possible du bord... sans toutefois le faire tomber !

– Et si ça arrive ?

– Alors on a perdu la partie et on boit un verre cul sec.

– Astucieux.

Capone essaya à son tour. Le verre tomba et se brisa au sol dans un fracas de tonnerre.

– Raté. Mais ça ne fait rien. De toute façon j'avais soif.

Il but le verre qui était devant lui d'un seul trait et le reposa en le faisant claquer sur le comptoir.

– A votre tour, monsieur Hoppe.

Willie recommença et réussit une nouvelle fois. Puis Capone l'imita et le verre dégringola de nouveau.

– Décidément, vous n'avez pas beaucoup de chance, monsieur Capone. Enfin, ce n'est qu'un jeu. A votre santé.

Il leva son verre et les deux hommes trinquèrent.

– Drôlement marrant, votre jeu. Je m'en souviendrai. Charlie, une autre tournée.

Un quart d'heure plus tard, il y avait un tas de verre brisé au bout du comptoir et Capone était légèrement éméché. La partie s'engageait mal pour lui. Mais comme il était d'une corpulence impressionnante et que l'alcool avait peu d'effet sur lui, il finit son dernier verre et dit :

– Allons-y, la partie nous attend.

– D'accord, dit Hoppe.

Les deux hommes quittèrent le bar et s'approchèrent du billard. Capone jeta une pièce de dix cents en l'air et annonça :

– Face, je commence. Pile, c'est vous.

La pièce retomba côté face. Normal, c'était une fausse à deux faces identiques, celle dont Capone se servait pour gagner ses paris. Willie comprit la supercherie, mais ne dit rien. Capone, tout sourire, prit une queue de billard et, avec un soin infini, enduisit de bleu le procédé. L'or de ses bagues scintilla sous les néons verts du billard quand il fit coulisser lentement l'instrument entre ses doigts, et il réalisa le premier point. Bing, la bille pointée toucha la blanche, puis la rouge. Capone, tout fier, redressa la tête et dit d'un air malicieux :

– Cent dollars !

Il continua ainsi sa série, et on put voir qu'au billard il était loin d'être manchot, même après avoir ingurgité plusieurs bières. Il aligna une série de onze points, ce qui faisait un total de mille cent dollars. Lorsqu'il rata le douzième point, il ne put s'empêcher de gifler le Duke, sous prétexte que ce dernier avait souri, ce qui l'avait totalement déconcentré. Et ce fut au tour de Willie d'entrer en piste.

Quand Willie Hoppe approchait d'un billard, il y avait comme de l'électricité dans l'air, c'était quelque chose de magique, un peu comme l'éclair avant la foudre. Un vrai décorum entourait son entrée en scène. On savait à l'avance que Willie Hoppe, c'était tout à la fois. La technique, mais aussi l'expérience et la maîtrise étayées par cette émotion qu'on pouvait saisir chez lui, et qui ne quittait jamais son regard. Même si le billard n'était qu'un jeu, ce jeu valait plus que sa vie.

Willie fit claquer ses bretelles sur ses épaules, alluma un cigare, en tira une longue bouffée, puis une deuxième, le posa délicatement dans un cendrier, saisit sa queue de billard, s'approcha du tapis vert et commença à estimer le point. Il fit trois fois le tour du billard, se baissant ici, se relevant là, pour jauger l'angle de tir. C'était ça, Willie Hoppe, un sacré perfectionniste qui ne laissait rien au hasard, parce que le hasard, justement, il voulait le maîtriser. En quelque sorte, c'était un type qui, à force de travail, changeait le hasard en destin.

Il prit encore dix secondes pour étudier la position de son chevalet puis, dans un silence de mort, il joua.

C'est ce moment précis que choisit le Duke pour tirer un coup de feu au plafond. Willie rata le point et se mit à jurer.

– Bordel !

Ce n'était pourtant pas son habitude d'être grossier, d'ordinaire il se comportait en parfait gentleman même devant l'infortune, mais il venait de comprendre que Capone, en digne truand qu'il était, ne reculerait devant rien pour gagner la partie.

– Scusez-moi, dit le Duke, le coup est parti tout seul.

– Imbécile ! Tu ne peux donc pas faire attention ! hurla Capone tout en lui refilant deux ou trois baffes mais avec si peu de conviction qu'on devinait aisément la comédie.

– Bon, à moi, dit Capone.

Cette fois le jeu était plus facile, les trois billes étaient rassemblées dans un coin du tapis et il suffisait d'un peu de doigté pour réussir un grand nombre de points sans prendre trop de risques. C'est ce que fit Capone, qui réalisa cette fois une série de vingt-cinq points d'affilée, ce qui portait son score à trente-six points, soit trois mille six cents dollars.

Willie s'approcha du billard en silence, et se mit à jouer. Il réalisa une série de sept points à une vitesse record quand Capone, maladroitement, heurta le bout de sa queue, ce qui eut pour effet de le faire échouer.

Capone, tout sourire, prit le relais.

– On peut arrêter là si vous voulez, monsieur Hoppe, dit-il d'un ton mielleux.

– Jamais. On n'arrête jamais une partie en cours, même avec des gars qui ne sont pas loyaux.

Capone fit mine de s'offusquer.

– Pas loyal ? Vous me décevez terriblement, monsieur Hoppe. Je suis un gars réglo, moi... du moins, j'observe les règles que je me suis fixées depuis que je suis tout petit.

– Et qui sont ?

– Gagner à tout prix, être le meilleur, ne jamais manquer de femmes ni d'argent !

Capone se mit à rire et il s'approcha du billard, sûr de sa victoire. Il joua remarquablement et inscrivit encore treize points, ce qui porta son score à quarante-neuf. Malheureusement, sur le dernier point, celui qui aurait dû lui faire remporter la partie, le Duke se mit à éternuer violemment et Capone manqua son coup. Il gifla son lieutenant à trois reprises, pour de vrai cette fois, tout en l'abreuvant d'injures.

– Crétin ! Sinistre abruti ! Je pouvais finir ! Et maintenant c'est à Hoppe de jouer !

Puis il se tourna vers Willie et dit d'un ton doucereux :

– A moins que vous n'abandonniez maintenant. Il est vrai que vous n'êtes plus le Willie Hoppe que mon père a connu. C'est difficile d'admettre que les années passent.

Willie le toisa :

– C'est ce qu'on va voir. Maintenant, petit, ajouta-t-il en se tournant vers moi, joue du blues.

Je me mis alors à jouer un blues lent et triste, très rythmé, une succession de notes bleues qui glissaient dans l'air avec douceur.

– Sniff ! Que c'est beau ! fit Suzy.

– Ouais ! crut bon d'ajouter le Duke. Et dire que c'est de la musique de nègre !

Alors Willie sortit le grand jeu. Les billes n'étaient pas seulement sur le tapis vert, elles étaient aussi dans la gorge des spectateurs de cette sacrée partie, des billes d'angoisse énormes qui montaient et descendaient le long du gosier comme une seconde pomme d'Adam. Chaque fois que Willie marquait un point, les gorges se détendaient... et puis le suspense recommençait. Un drôle de manège. Parce que, tout Willie Hoppe qu'il était, que pouvait-il faire contre la tricherie de Capone et de ses sbires ?

Pourtant Willie se mit à enchaîner les points, sans plus se soucier le moins du monde de Capone ou du Duke, uniquement concentré sur ma musique et jouant au rythme du blues... Tous les quatre temps il marquait un point, et c'était magique de le voir marquer comme on danse, sur mon rythme, évoluant avec grâce et élégance. Les points s'enchaînaient avec une telle rapidité, une telle beauté, que tout le monde criait au génie, ému d'assister au miracle, de soutenir le virtuose du tapis vert, l'as du billard, Willie Hoppe l'unique, le plus grand joueur de billard de tous les temps !

– Vingt-cinq !... vingt-six !... vingt-sept !... scandaient les voix, et les gens tapaient dans leurs mains, certains comme fous se levaient de leurs chaises et dansaient...

Et va danser sur du blues, c'est quelque chose qui ne se contrôle pas, au début tu crois que ce n'est pas possible, comment danser sur un truc pareil, et puis ça te prend aux tripes et hop tu sens la fameuse boule te frapper l'estomac et la voilà qui gigote jusqu'à ce que tu te lèves et que tu voies ton corps danser malgré toi, et tes jambes se balancer toutes seules. C'est ça le merveilleux pouvoir du blues. Et les gens le vivaient ce soir-là, sous mes yeux, ils se trémoussaient comme des diables sans pouvoir s'arrêter, moi ça faisait trop longtemps que j'attendais ça... Cette ambiance de folie, je jouais pour la première fois de ma vie quelque chose que les gens ressentaient avec leurs tripes, et Willie Hoppe continuait d'aligner les points avec une régularité de métronome.

– Trente-deux !... Trente-trois !... Trente-quatre !...

C'était du délire. Encore neuf points à remonter. Capone faisait une tête de six pieds de long et pas seulement pour les cinq mille dollars qu'il avait jetés un peu trop vite sur le tapis vert. Tellement terrassé, le Balafré, qu'il ne songeait même plus à tricher, ou à tousser ou même à tirer en l'air pour déstabiliser son adversaire.

– Quarante !... Quarante et un !... Quarante-deux !...

Quarante-deux points consécutifs. Avec les sept premiers, cela faisait quarante-neuf. Égalité parfaite. Plus qu'un point et tout serait dit. Mais à cet instant précis, Capone se pencha en avant et s'empara de la bille rouge.

Je m'arrêtai net de jouer et tout se figea autour de moi. Un silence de mort.

– Qu'est-ce que vous faites ? Vous n'avez pas le droit !

– Du calme ! monsieur Hoppe. Le droit, ici, c'est moi, et si quelqu'un veut prétendre le contraire, qu'il se lève !

Pas un mouvement dans l'assistance. Capone passa devant Willie médusé et marcha lentement vers le bar.

Puis il posa la bille rouge à l'extrémité du comptoir, se tourna vers lui :

– Il y a un coup que je voudrais vous voir réaliser, monsieur Hoppe. Et ce coup, c'est le fameux Diamond Drink ! Vous voyez ce que je veux dire, n'est-ce pas ?

– Qui vous a parlé de ça ?

– Mon père prétendait que vous étiez le seul joueur au monde à pouvoir le réaliser. Bien sûr, je n'en ai jamais cru un mot. Mais comme je suis curieux, je voudrais que vous me montriez ce que vous savez faire.

Qu'est-ce que c'était que ce Diamond Drink ? Personne n'en savait rien mais ça paraissait quelque chose de fabuleux, et pour tout dire d'impossible à réaliser. Willie regarda longuement Capone, et il comprit que la suite allait dépendre de ce coup. Les cinq mille dollars, bien sûr, et il y tenait parce qu'il ne roulait pas sur l'or. Mais surtout l'intense plaisir de moucher ce gangster qui se croyait tout permis, même d'interrompre une partie de billard, sous prétexte qu'il avait un flingue et savait s'en servir.

– C'est d'accord, fit Willie. Ça fait vingt ans que je n'ai plus tenté ce coup, mais je suis prêt à recommencer.

Capone ne broncha pas, mais il avait misé sur un refus, c'était visible, sans compter que la scène se déroulait devant ses lieutenants et Suzy qui n'arrêtait pas de piailler :

– Vas-y, Al ! Mouche ce type ! T'es un as, t'es Al Capone, l'oublie pas !

Alors Hoppe se concentra et, autour de lui, tout devint immobile. Il se tourna vers moi et me fit un clin d'œil.

– Cette fois, môme, pas de musique. Le Diamond Drink est un coup qui réclame le plus grand silence.

Puis il s'adressa à Capone :

– Vas-y, fais comme ton père t'a dit de faire. Et puis écarte-toi. Et cette fois, pas d'entourloupe. On ne triche pas avec le Diamond Drink !

Capone, comme si c'était la requête la plus naturelle du monde, se tourna vers Charlie :

– Hé, Charlie, sers-moi donc un verre de bière.

Le barman s'exécuta. Capone prit le verre et, tout doucement, fit tomber la bille rouge dans le verre rempli de bière, puis il le posa tout au bout du comptoir.

Willie se concentra longuement, regarda le Balafré dans les yeux, et lança d'un ton cassant :

– Silence. Et regarde un peu ça.

Il était si énervé que j'avais peur qu'il ne réussisse pas. D'ailleurs, pourquoi la bille rouge était-elle dans ce verre, et que voulait donc faire Hoppe ? C'était à n'y rien comprendre.

– Bordel ! Il va pas le faire, tout de même ! chuchota le Duke.

– Faire quoi ? demanda Suzy qui, pas plus que les autres, ne voyait où cette mise en scène allait conduire.

– Silence ! cria Capone d'une voix de stentor.

Cette fois on aurait pu entendre une mouche voler. Willie se concentra longuement et, au bout d'un laps de temps qui nous parut interminable, il décocha un coup sublime. La bille blanche se mit à tournoyer, alla frapper l'autre bille sur le tapis vert, heurta la bande de telle façon qu'elle prit de la hauteur, sortit du billard, tomba sur le sol dans un fracas de tonnerre. Elle roula pendant plusieurs secondes et enfin vint frapper le bas du comptoir en produisant un son mat.

Et ce fut tout.

Là-haut, tout au bout du comptoir, à une distance inimaginable de la scène qui venait de se dérouler, la bille rouge était sagement restée dans le verre de bière.

Capone se mit à rire, bientôt suivi du Duke, de Suzy et de Charlie, et alors tout le monde se paya la tête de Willie.

– Sincèrement, monsieur Hoppe, vous m'avez amusé. Je savais depuis toujours que ce coup était une blague, mais je voulais en avoir le cœur net. Comment faire se toucher deux billes alors que l'une se trouve sur le billard et l'autre sur le comptoir dans un verre de bière ? Vraiment, ce Diamond Drink, c'est à se tordre !

Curieusement, Hoppe n'avait pas la tête du type qui vient de se faire ridiculiser en public. Il était serein. Tranquille et serein.

– Attendez, monsieur Capone, dit-il. Vous n'avez pas tout vu.

Le Balafré s'arrêta de rire aussi sec. Le Duke aussi, mais un peu tard. Capone le fusilla du regard, puis il se tourna vers Willie :

– Qu'est-ce que vous dites ?

– Je dis que le point n'est pas fini.

Silence de mort.

Willie s'approcha tranquillement du comptoir, sans même un coup d'œil pour la bille blanche, prit le verre dans lequel nageait la bille rouge et, sans la toucher du bout des lèvres, il but la bière jusqu'à la dernière goutte. Puis, quand il eut terminé, il s'essuya lentement la bouche d'un revers de manche et annonça :

– Maintenant, voici le fameux Diamond Drink !

Alors il prit le verre vide, dans lequel logeait toujours la bille rouge, et le fit glisser à toute allure le long du comptoir. Cette scène ne dura pas plus de quelques secondes, mais je peux vous jurer que tout le monde garda en mémoire l'image de cette bille rouge emprisonnée dans un verre et lancée le long du comptoir à une vitesse folle. Le verre approcha du bord. Seulement cette fois il ne s'arrêta pas à quelques centimètres de l'extrémité du bar. Il tomba et se brisa sur le sol, libérant la bille rouge qui, sans jamais avoir été touchée par Willie Hoppe, alla percuter la bille blanche, marquant ainsi le cinquantième et dernier point de la partie.

– Vous me devez cinq mille dollars, monsieur Capone.

Sa voix était calme. Je n'ai jamais, depuis ce jour, réentendu un tel silence. Les gens ne respiraient plus.

L'ambiance était si glaciale qu'on se serait crus transportés sur la banquise. Alors Capone comprit qu'il avait perdu. Il dit simplement :

– Merde alors. Vous avez réussi.

La glace fondit d'un seul coup et la joie explosa dans la salle, tout le monde se mit à crier.

Capone, livide de rage, sortit la liasse de billets, la jeta sur le tapis du billard et, en jurant, quitta la salle après avoir tiré trois fois dans les lampes. Les dernières.

– Pan ! Pan ! Pan !

Et la lumière s'éteignit.

Quand la lumière revint, tout le monde avait quitté le Billard Blues. Capone, le Duke, Suzy, Charlie et tous les clients s'étaient fait la malle. Il n'y avait plus personne. Juste Willie Hoppe et moi.

Je ne jouais pas. Sincèrement, je n'avais pas le cœur à ça. J'avais dans les yeux l'image de Capone malade de rage en train de décharger son flingue dans les lampes, et c'était tout. Une sacrée belle image.

Willie était assis au bar devant un verre de bière, et il recomptait tous les fichus dollars que Capone lui avait laissés ce soir. Cinq mille dollars. Une véritable fortune. De quoi se passer de billard pendant un certain temps. Mais se passer de jouer, Willie, il ne savait pas. J'étais certain que, malgré tout ce fric, il serait là demain soir, et tous les soirs suivants, jusqu'à ce que sa main ne puisse plus tenir une queue de billard sans trembler. Parce que le billard et le blues, c'est la même chose. Quand tu commences, tu ne peux plus t'arrêter. Un peu comme une partie qu'on voudrait ne jamais terminer.

– Vous avez merveilleusement joué ce soir, monsieur Hoppe. Le coup du Diamond Drink, je ne croyais pas que c'était possible.

Willie me regarda comme un père regarde son gosse.

– Le Diamond Drink, c'est un drôle de coup, c'est vrai. Mais ce qui est important, ce n'est pas ça. Ce qui est important, c'est de s'imaginer à la place de la bille.

– Comment ça ?

– Tu vois, petit, il faut toujours calculer, au centième de millimètre près, la force que tu vas insuffler à la bille et la trajectoire que tu vas lui donner. C'est tout l'art du billard que de t'imaginer à sa place, de te visualiser roulant sur le tapis vert, de frôler d'un cheveu la bille rouge et d'aller mourir sur la bille blanche qui t'attend là-bas, tout au bout de la toile. Un peu comme si toi, tu étais à Chicago, que la bille rouge se trouvait à New York, et que la bille blanche était la femme que tu dois rencontrer à Paris. Tout ça peut se jouer à presque rien. Tu rates ta correspondance à New York pour une petite minute et voilà toute ta vie fichue en l'air et la fille qui part avec un autre... Le billard, c'est comme la vie. Ça tient à un cheveu. Une seconde. Une rencontre. Un souffle. C'est pour ça que quand je joue, j'y mets toute ma concentration. Je ne tiens pas à rater un seul maudit point, pas plus que je ne tiens à passer à côté de la femme qui m'est destinée. Et toi non plus, je suppose, tu ne tiens pas à passer à côté de ton destin ?

Je l'écoutais avec les yeux du gosse qui vient de rencontrer le père Noël. Et c'était vrai qu'on était le soir du 25 décembre. Dehors, il continuait à neiger.

– Oh non, m'sieur, sûr que non !

– Et pourtant on passe toujours à côté de quelque chose. Quoi que tu fasses, tu ne peux pas toujours réussir des séries de mille points ! Bon Dieu ! Tu ne peux tout simplement pas ! C'est mathématiquement impossible !

– Même vous, m'sieur Hoppe ?

Il me regarda avec de la tendresse dans les yeux. Il souriait, je crois, et pourtant il semblait triste. C'est difficile de sourire quand on est triste, mais, lorsqu'on y parvient, ça donne un des plus beaux sourires qui soit.

– Bien sûr, même moi, qu'est-ce que tu crois ! J'en ai raté, des points, dans ma vie. J'en ai raté des occasions, et des amis, et des femmes ! Je suis passé à côté d'un nombre incroyable de choses !

– Et pourtant je vous ai vu faire des séries de deux cents points, et ce soir vous avez réussi le Diamond Drink !

– Foutaises ! Ce soir, j'ai eu de la chance, c'est tout. C'était un peu le cadeau du père Noël. Tu sais combien j'ai raté de points dans ma vie pour arriver à réussir ne serait-ce qu'une série de cinquante d'affilée ? Tu sais combien de fois j'ai vu les billes se frôler, passer à un millimètre l'une de l'autre ? Je joue tous les jours depuis l'âge de cinq ans, à raison de mille points en moyenne par soirée. Autant vouloir compter les gouttes d'eau dans l'océan. Tu ne sais rien, petit. Rien du tout.

En fait, je l'ai compris plus tard, ce qui fascinait Willie c'était le millimètre, le sale petit millimètre qui manquait parfois pour réaliser un point. Le fichu millimètre qui manquait à deux êtres pour se rencontrer, se connaître ou s'aimer vraiment. Ce qui vous fait passer « à ça » du bonheur ou du malheur, ou de n'importe quoi d'autre. Ce qui fascinait Willie Hoppe, c'était précisément ce « à ça près ». Quand il se mettait à y réfléchir, ça lui donnait le vertige. Il avait beau savoir la question sans réponse, c'était elle qu'il posait et reposait sans relâche en saisissant sa queue de billard, en enduisant de bleu le procédé. En cherchant le point.

Willie Hoppe, en quelque sorte, jouait en sachant que viser ne servait à rien. Strictement à rien. Et que pourtant, le mieux à faire, c'était de viser le plus longtemps possible avant de frapper la bille. Parce que, à un moment donné, il fallait quand même se décider à y aller. Et si ton coup n'était pas assez vif, ou feutré, ou si la peur t'avait fait trembler, eh bien tu n'avais plus qu'à t'en prendre à toi seul et à personne d'autre !

– N'oublie pas ça, gamin, les billes ne font que ce que tu leur demandes de faire. C'est à toi de les diriger, pas aux autres. C'est à toi de diriger ta vie. A toi de savoir si tu veux sauter ou non. Ou si tu continues le jeu.

– Je veux jouer, ai-je répondu. Mais pas au billard. Moi, je parle du blues.

Willie m'a regardé d'une manière étrange. C'était la première fois qu'il me dévisageait comme ça, avec ce regard tellement lumineux qu'on aurait dit un lever de soleil vu d'avion, avec des couleurs et une intensité que personne n'avait jamais soupçonnées. Et il était pour moi seul ce regard. Je crois qu'à cet instant Willie venait de comprendre que je pouvais devenir quelqu'un. Et même que j'étais déjà ce quelqu'un, que ma vie était tracée. Il découvrait tout à coup que chaque être porte en lui son destin. Il me voyait enfin. Tout ce que j'étais. Toutes les notes bleues que je traînais avec moi, tout le poids du coton que mes ancêtres avaient porté, et aussi le chemin que j'avais parcouru pour en arriver là, entre blues et billard. Nos deux vies lancées comme deux billes, à cent à l'heure sur le billard de la Terre, et qui devaient se percuter en ce soir de Noël, de telle manière que le reste de notre existence en serait marqué à jamais... Je ne sais si vous comprenez vraiment ce que je veux dire, mais je vous jure que j'ai ressenti un truc comme ça.

– Alors, vas-y, joue !

– Oui, mais seulement si vous jouez vous aussi. Au billard, je veux dire. C'est un peu la même musique, non ? Un rythme à quatre temps. Et puis, si j'ai bien compris, m'sieur, la vie, le jeu, tout ça c'est une question de musique. C'est bien ce que vous m'avez dit, non ? Alors je veux bien jouer du blues, mais seulement si vous m'accompagnez au billard.

Willie a hoché la tête, en souriant, puis il s'est approché du billard, s'est penché sur le tapis, a ramassé les trois billes, les deux blanches et la rouge, et d'un signe de tête m'a donné le départ, comme l'aurait fait un chef d'orchestre.

Et c'est comme ça que j'ai composé le morceau qui s'appelle *Billard Blues*.

Voilà l'histoire que je voulais vous raconter. L'histoire de Willie Hoppe. La seule histoire de Noël dont je me souviendrai jusqu'à mon dernier jour.

Sans Willie, j'aurais sans doute fini par jouer du blues dans les rues de Chicago, sous la neige, sans le sou. Je serais peut-être mort, qui sait ? En tout cas, je ne serais pas là aujourd'hui à vous raconter ça, et personne, jamais personne, n'aurait entendu ma musique.

La dernière chose que Willie m'a dite avant de partir, ce soir-là, c'est :

– Toi, petit, tu iras loin.

Mais loin, c'est où exactement ? Quant à ma vie, c'est une autre histoire. D'ailleurs, qui ça pourrait bien intéresser l'histoire d'un pauvre Noir qui joue du blues ?

Allez, rentrez chez vous, on arrête tout, la musique et le reste. On finit là, un point c'est tout. Terminée l'histoire du Billard Blues... jusqu'à demain. Parce que ce genre d'histoire, quand elle vous tient... Un peu comme la musique !

Il est temps de ranger les guitares et d'éteindre les lumières. Tout est fini. Tout. Il n'y a plus ni musique ni billard. Il n'y a plus rien. Il n'y a plus que moi...

Comment ? Vous dites ?
Mon nom à moi ?
Mon vrai nom à moi ? *John Lee Hooker !*

Jazz Blanc

Max Coleman n'était pas simplement saxophoniste, il était saxophoniste de jazz. Nuance. Son meilleur ami était son saxophone. Son pire ennemi, l'alcool. Mais pour lui, les deux allaient toujours ensemble. Rien d'anormal jusque-là. Plus tu joues, plus tu as soif. Plus tu as soif, plus tu bois. Et plus tu bois, plus tu as envie de jouer. Difficile d'en sortir. Max Coleman n'en sortait pas. D'ailleurs, à tout bien regarder, il n'en avait aucune envie. Il y a des habitudes comme ça dont il est impossible de se défaire sans créer un déséquilibre fatal et peu souhaitable pour l'âme humaine. Un cercle, même vicieux, c'est cohérent. Brisez-le et il ne ressemble plus à rien. C'est pour ça que Max buvait. Pour que le cercle reste un cercle. Toujours aussi parfait. Et parce que, sans la musique, il n'était rien.

Ce que faisait Max quand il ne jouait pas, ou quand il ne buvait pas, je n'en sais rien. C'est même difficile à imaginer, une chose pareille, parce que je l'ai toujours vu assis sur la même chaise au fond de la scène, les jambes croisées, un verre à la main – whisky sec ou vodka glacée, quelque chose de fort, pas une boisson pour fillette –, son saxophone ténor posé contre sa cuisse. Le regard perdu, le chapeau de trois quarts sur l'oreille droite, il grillait cigarette sur cigarette, son ombre se profilant sur le mur dans un nuage de fumée. Ou quand il jouait, recroquevillé sur sa chaise, titubant entre les notes bleues jusqu'à tomber, noyé de sommeil et d'alcool, dans un coma dont seul pouvait le tirer le contact d'un autre verre contre ses doigts. Des images à la Dexter Gordon, si vous voyez ce que je veux dire. A la différence que Dexter Gordon était noir et que Coleman était blanc. Un Blanc au pays de la musique noire, un saxophoniste qui jouait du jazz avec une sonorité poétique inégalable.

C'était ça, Max Coleman. Mais à part son côté musicien, je ne savais rien de lui. Je suppose qu'une fois sorti du Club, il rentrait chez lui et allait se coucher. Peut-être que lorsqu'il se réveillait, la bouche pâteuse et les yeux collés par le manque de sommeil, il se préparait un café et prenait une douche. Peut-être qu'ensuite il s'habillait, faisait un peu de ménage, lisait son courrier, ce genre d'occupations ordinaires, puis qu'il finissait par sortir de chez lui, allait se promener, faisait ses courses et payait son loyer comme tout le monde. Mais à vrai dire, je n'en suis pas si sûr. Max Coleman n'était pas comme tout le monde. Avait-il seulement un chez-lui ?

Comme je le connaissais, je l'imaginais tout à fait rester au Club sans jamais en sortir, s'endormant vers quatre heures du matin, juste après que le dernier client était parti, bien calé dans un des fauteuils en cuir noir, se lever vers midi, aller se rafraîchir un peu dans les toilettes, revenir au bar et boire jusqu'au soir. Coleman était tout à fait le type capable de ce genre d'exploit. A dire vrai, je ne l'avais jamais connu à jeun. Quand je prenais mon service, il était déjà là. Quand je le quittais, il y était encore. On aurait pu croire que son saxophone et lui avaient toujours été là, même avant les fondations, et qu'on avait construit le club autour.

Le Jazz Blanc. C'était le nom du club. Un très bel endroit sur la 52e Rue. Le seul, à New York, où les musiciens étaient blancs et le public pouvait être noir. Pourquoi ? Je n'en sais rien. Peut-être parce que le jazz, c'est tout le contraire, et qu'il fallait qu'un tel lieu existât pour confirmer la règle. En tout cas, c'était un endroit unique. Le Jazz Blanc.

Bien sûr, à l'époque dont je vous parle et qui remonte au début des années 60, la 52e Rue avait déjà bien changé. Ce n'était plus celle des grands saxophonistes des années 20 à 50, des Lester Young, Coleman Hawkins, Charlie Parker et autres John Coltrane, mais ça avait quand même gardé une sacrée allure.

Moi, je vous raconte cette histoire parce que je suis bien placé pour le faire. Je suis barman. Au Jazz Blanc, précisément. Et j'en sais plus que quiconque sur tout ça parce que j'étais là tous les soirs et, tout en servant les clients, j'écoutais le saxophone de Coleman.

Le saxophone de Coleman. C'est le moment d'en parler. Un saxophone, ce n'est pas un instrument comme les autres. D'abord il y a le choix entre le soprano, l'alto, le ténor et le baryton. Coleman avait choisi le saxophone ténor, un de ces sax qui jouent en si bémol. Ne me demandez pas pourquoi celui-là plutôt qu'un autre, je l'ignore. Peut-être qu'à sa place j'aurais choisi le même. Peut-être que non. On ne peut jamais savoir.

Un saxo comporte un bec avec une anche simple, semblable à celui d'une clarinette. Mais là il ne s'agit pas de clarinette. On joue du sax. De son inventeur, monsieur Sax, Adolphe de son prénom. C'est aussi simple que cela. Ce qui l'est moins, en revanche, c'est de réussir à en jouer correctement. Ou mieux, comme Coleman. Divinement. Mais ça, c'est une autre histoire, et ce n'était pas à cause de l'anche, du bec ou du pavillon de l'instrument. C'était à cause du jazz.

Le jazz. Voilà la raison principale de la vie de Max Coleman. Il l'avait dans le sang. Pourtant il était blanc, pas noir, ni même afro-américain ou métis. Tout ce qu'il y a de plus blanc. Et cependant il avait un sens terrible du phrasé musical, beaucoup d'originalité dans ses improvisations et un swing éblouissant.

Le swing. Voilà le maître mot. Sans le swing, le jazz n'existerait probablement pas. C'est ce qui balance, ce qui vous force à claquer des doigts, à danser, à vivre la musique comme seul le jazz sait le faire.

Le sax, le jazz et le swing. Les trois moteurs de la vie de Coleman. Sans oublier l'alcool. Avec ça on peut vraiment commencer.

Drôle de musique, à vrai dire, que celle qui s'échappait de son saxophone. On pouvait la reconnaître dès les premières notes et se dire, tiens, ça c'est Max Coleman, pas possible que ce soit quelqu'un d'autre. Un son lisse et feutré, aérien, très pur et en même temps tellement chargé d'ivresse... Du jazz blanc. Du jazz pastel. Ou d'une autre couleur. Je ne sais pas s'il y a un nom pour ça. Parfois tu as beau tenter d'expliquer les choses, tu finis par te rendre compte que les mots ne servent à rien. On dira donc le jazz de Coleman.

Ce jazz-là, je le connaissais tellement par cœur que je savais à l'avance ce qu'il allait jouer, et comment il allait le jouer. Par exemple, quand il commençait par *Early Autumn*, il se levait, ôtait son chapeau qu'il posait délicatement sur sa chaise, se passait la main dans les cheveux, trois fois de suite, essuyait soigneusement le bec de son instrument, et jetait un coup d'œil à l'horloge. Ou bien pour *Smoke gets in your eyes*, il allumait d'abord une cigarette, tirait deux ou trois fois sur le filtre, envoyait la fumée jusqu'aux spectateurs du premier rang, toussait un peu, posait sa cigarette sur le rebord du cendrier, souriait et commençait alors à jouer. Ou encore, pour *Summertime*, il esquissait quelques pas de danse, tournait sur lui-même et jouait dos au public. Tout un numéro.

Maintenant que cette histoire est terminée, je peux vous le dire : Coleman était mon meilleur ami. Pas simplement parce que j'étais barman et que, à ce titre, il m'aimait bien, mais aussi parce que nous communiquions à travers sa musique. Et maintenant qu'il n'est plus là, je dois avouer qu'il me manque. Nous parlions peu, il arrivait même que nous passions deux ou trois journées sans nous adresser la parole. Tout simplement parce qu'il n'était pas du genre bavard, et qu'à cause de la musique il était impossible de se parler à distance. Mais avions-nous besoin de paroles ?

Entre lui et moi, existait un code. Chaque fois qu'il avait soif, il prenait son saxo et jouait quelques notes d'un thème de sa composition. Un air qui revenait comme un *jingle*. Un morceau qu'il avait appelé *Blue Alcool*. Il le jouait d'une manière jazzy classique pour une vodka et d'une manière virtuose et brutale pour un whisky. Ce qu'il faut dire, c'est que Coleman jouait souvent avec une grande virtuosité.

– Le jour où tu m'entendras jouer *Blue Alcool* très lentement, à la façon blues, avait-il l'habitude de répéter, alors tu pourras me servir un grand verre d'eau fraîche et te dire que le saxo du grand Max Coleman est bon pour la casse !

Et c'est vrai que l'ivresse lui permettait de jouer comme un dieu. En un sens, ça le désinhibait et lui donnait une aura particulière, un style coulé extraordinaire. Inutile de vous préciser que, pendant tout ce temps-là, je ne l'ai jamais entendu jouer *Blue Alcool* à la façon blues.

Toute cette mise en scène renforça notre complicité et me permit indubitablement de parfaire mes connaissances musicales. Moi aussi j'adorais la musique, et j'aurais rêvé de devenir Coleman, l'alcool en moins. Chaque soir, j'épiais ses moindres gestes et c'est un peu grâce à lui que je suis devenu une oreille. Dès les premières mesures, je pouvais reconnaître les notes et siffler le reste du morceau entre mes dents. Tout ça, c'est un peu au saxophone de Coleman que je le dois. A force d'entendre toujours les mêmes standards, on devient forcément incollable.

Pourtant, et c'était surtout ça qui m'impressionnait, il ne jouait jamais deux fois un air de la même façon.

– Le jazz, disait-il, c'est de la haute couture. Tu peux rejouer chaque soir la même mélodie, en utilisant les mêmes notes, ce ne sera jamais tout à fait la même. Chaque pièce est unique. Comme si tu brodais une robe différente chaque fois avec l'aiguille de ton saxophone et le fil de la musique. De loin, tu pourrais croire qu'il s'agit toujours de la même robe. Mais si tu y regardes d'un peu plus près, tu t'aperçois que la finition n'est jamais la même.

Dixit Coleman.

Au Jazz Blanc, il n'y avait pourtant pas que des musiciens. Il y avait aussi tout ce que la pègre blanche de New York comptait de durs à cuire. Ici, pas de Noirs dans cette catégorie. Non, pour ça il fallait aller dans le Bronx. Dans la 52e Rue, c'étaient les Blancs qui tenaient le haut du pavé. Les Irlandais, représentés par Mac Alistair et son gang de distillateurs d'eau-de-vie, qui fournissaient tous les bars du quartier à bas prix – normal, ce sont les plus teigneux ; les Italiens avec Toni Scappatone, dit « l'Assureur », parce qu'il préservait la sécurité des patrons de clubs contre paiements – tout à fait logique, ce sont les plus voleurs ; les Russes dont Oleg Diamantin, sans doute le plus grand escroc de Brooklyn et aussi le plus respecté, spécialiste de l'import-export et plus spécialement du trafic de marchandises prohibées – évident, ce sont les plus roublards. Enfin, il y avait Maxie-la-Punaise.

Maxie-la-Punaise – ses ennemis l'avaient surnommé ainsi parce qu'il était plus teigneux qu'une sangsue et plus laid qu'un cancrelat – était un Américain d'origine irlandaise dont les parents avaient fui la pauvreté des faubourgs de Dublin pour tenter leur chance aux

États-Unis. Maxie avait commencé comme chauffeur-livreur pour un dénommé Blackstone, lui-même trafiquant de cigarettes en provenance du Canada. Très vite, Maxie avait gravi les échelons et était devenu son second. Puis, voulant tenter sa chance et ne supportant plus le despotisme de Blackstone, il avait choisi de faire cavalier seul, concurrençant par là son ancien patron. Blackstone le prit très mal et voulut éliminer Maxie-la-Punaise. Il lui tendit une embuscade près de la frontière. Malheureusement pour le grand caïd, Maxie fut plus vif et, au cours de l'affrontement, abattit Blackstone de deux balles de revolver. A la suite de quoi il ne lui resta plus qu'à prendre en mains les rênes de la contrebande de cigarettes dans laquelle il s'enrichit en un temps record.

Depuis, Maxie passait ses journées à arroser les politiciens de la ville, dont le sénateur-maire, un de ses meilleurs amis avec qui il partait pêcher le saumon dans le Montana. Pendant ce temps, ses hommes, postés à la frontière canadienne, continuaient tranquillement la contrebande de cigarettes avec l'aval des autorités. Lorsque ses affaires lui en laissaient le loisir, c'est-à-dire vers neuf heures du soir, il venait dépenser son argent au Jazz Blanc.

Maxie-la-Punaise n'était pas un client ordinaire. Pas question d'attendre à la porte du Club que le cerbère de service veuille bien lui donner l'autorisation d'entrer, ni même de payer ses consommations au jour le jour. Pour lui, on se mettait en quatre. Il avait une table réservée à l'année et un compte illimité qu'il ne réglait qu'une fois par mois, grand seigneur, avec une liasse de billets de cent dollars, plus quelques largesses à l'intention du personnel. A ce titre, tout le monde l'aimait bien parce qu'il savait se montrer aussi généreux en public qu'il était implacable en privé. Dans ses affaires, il ne tolérait aucune incartade et sanctionnait la moindre erreur de ses collaborateurs. Au Club, il offrait à boire à tout le monde et distribuait des billets à tous les musiciens. Mieux encore, il organisait des soirées fastueuses et faisait venir, à ses frais, de très grands artistes de jazz. Non qu'il fût particulièrement mélomane, ou qu'il eût des ambitions de mécène, mais tout simplement parce qu'il aimait le jazz. De plus, il s'était entiché d'une pianiste-chanteuse qu'il avait découverte en écoutant un disque et dont il était, depuis, tombé éperdument amoureux. Une fille très belle, avec beaucoup de classe, il faut dire ce qui est. Des jambes sans fin, de longs cheveux blonds, un sourire éclatant. Et, pour parfaire le tout, une voix en or.

Elle s'appelait Diana King. L'ennui, c'est que Diana était déjà une véritable star, et qu'elle avait passé l'âge de jouer dans des clubs minables pour quelques centaines de dollars. Maxie tenait cependant à tout prix à la faire venir au Jazz Blanc et, pour cela, il n'avait pas lésiné sur les moyens.

Diana King habitait New York, pas très loin de la Cinquième Avenue, un endroit tout ce qu'il y a de plus chic et, tous les jours, il lui faisait livrer un bouquet de roses rouges avec un petit mot doux accompagné d'une invitation à jouer au Club – et en prime un contrat en or.

Malgré ces pressions réitérées, Diana n'avait jamais répondu. Cela ne décourageait aucunement Maxie. Quand il avait une idée en tête, difficile de lui en faire changer. Plus têtu que lui, ça n'existait pas. Peut-être une mule irlandaise, et encore, ce n'est même pas sûr.

Donc Maxie continuait à envoyer des fleurs à Diana, cela lui coûtait une véritable fortune, et bien entendu il s'en fichait.

Diana King, elle, conservait son mutisme et sa discrétion légendaires. C'est l'apanage des jolies filles que de savoir résister à l'autorité des puissants de ce monde, et personne n'aurait contesté à Diana ce privilège, pas même Maxie. Parce que belle, elle l'était vraiment, et elle le savait. Belle à tomber à la renverse.

Moi qui l'ai rencontrée, je peux vous dire qu'elle était parfaite. Un corps superbe et longiligne, de la classe à revendre, un joli petit minois et une voix sublime. Voilà pour le carré magique. Et avec ça, si tu n'étais pas acteur de cinéma riche à millions, tu pouvais rester sur le quai et attendre le train suivant.

Le bon train, Maxie-la-Punaise finit par le prendre quand il eut vent, par l'intermédiaire du sénateur de la ville, que Diana King comptait parmi les amies intimes de sa femme. Aussitôt, Maxie le pressa de la faire venir au Jazz Blanc, moyennant une somme colossale pour les bonnes œuvres de la ville.

Le sénateur accepta, en parla à sa femme, qui, à son tour, en informa l'intéressée. Un mois passa sans réponse. L'Irlandais commençait à désespérer de pouvoir rencontrer un jour son idole, lorsqu'il reçut ce petit mot par la poste :

D'accord pour le samedi 8 juin.
Prévoir Steinway noir et 10 000 dollars cash.
Sincèrement,

Diana King.

Un piano Steinway, cela ne constituait pas un problème insurmontable. En revanche, dix mille dollars était une sacrée somme. Pourtant, Maxie sauta de joie en apprenant la nouvelle. Mieux, il paya une tournée générale et déclara à tous que cette fille valait bien plus que dix mille dollars. Et c'était vrai. Pour lui, elle était tout simplement inestimable.

– Avec cette somme, vous auriez pu faire venir dix artistes d'un talent égal, lui rétorqua le sénateur.

– C'est Diana que je veux. Et si cette fille m'avait demandé cent mille dollars, je les lui aurais donnés !

Maxie en eût été capable. Pour lui, ce qu'il y avait de grisant dans la vie, c'était justement de ne pas se fixer de limites.

– Décidément, ce qu'on dit de vous est vrai : vous êtes plus têtu qu'une mule irlandaise ! fit observer le sénateur.

– Et plus pugnace qu'un cancrelat ! C'est pour ça qu'on m'appelle Maxie-la-Punaise.

C'est ainsi qu'on put voir, dès le lendemain, cette affiche placardée dans tout le quartier :

DIANA KING
LA PLUS GRANDE ARTISTE DE JAZZ
POUR VOUS LE SAMEDI 8 JUIN AU JAZZ BLANC
REPRÉSENTATION UNIQUE

Diana King. Ce nom résonne encore à mes oreilles. Avant qu'elle ne vienne jouer au Club, c'était déjà une star. J'avais vu sa photographie dans un journal, lui avais trouvé du charme, mais en vérité je ne savais rien d'elle. Simplement qu'elle avait une belle voix grave, qu'elle était pianiste et qu'elle jouait du jazz.

Quand je l'ai vue pour la première fois, j'ai compris que Coleman, Maxie et tous les hommes du Club allaient souffrir. Diana King n'était pas seulement une grande artiste : elle était aussi la plus sexy de toutes les filles qu'il m'avait été donné de rencontrer. Le genre dont on tombe amoureux dès la première seconde.

Le soir du fameux 8 juin, Diana est arrivée un peu en retard, comme toutes les stars qui savent se faire désirer. Et quel musicien avait-on choisi pour faire patienter le public ? Coleman, bien sûr. L'ennui, c'est que Coleman était plus saoul qu'un Polonais. Plus que d'habitude. Il n'avait pas cessé de boire depuis la veille et tenait à peine debout.

Je me souviens de la scène. C'était terrible à voir.

D'abord, Coleman entra et, au lieu de se diriger vers l'estrade, il s'approcha de la table de Maxie, un large sourire jusqu'aux oreilles, et vint le saluer. Je ne sais pas pourquoi il s'était mis en tête de venir saluer l'Irlandais, mais en tout cas c'est ce qu'il fit.

– Bonjour, moi c'est Max, fit Coleman en tendant la main à Maxie. Alors comme ça, c'est vous qui avez eu l'idée de faire venir cette chanteuse ?

– Où est Diana ? demanda la Punaise sans bouger le petit doigt ni même se lever de sa chaise.

– Je crois qu'elle est en retard. C'est pour ça qu'on m'a demandé de jouer en attendant.

Coleman resta un temps infini comme ça, la main tendue dans le vide, sans savoir s'il fallait la retirer ou non. Finalement, il se jugea ridicule et la retira. Rester digne jusqu'au bout, quoi qu'il arrive, c'était sa devise. Même ivre mort, même titubant, rester debout.

– Max, Maxie, c'est presque la même chose, n'est-ce pas ? continua-t-il pour détendre l'atmosphère.

– Ça m'étonnerait ! fit Maxie, plus remonté qu'une pendule.

– Je suis saxophoniste. Plus précisément le meilleur saxophoniste de la ville !

– M'en fous ! Où est Diana ? Je suis venu pour elle, le reste, je m'en contrebalance !

Maxie le connaissait, bien sûr, mais il n'était pas du genre à prendre des pincettes avec les gens. Il disait carrément ce qu'il pensait et se fichait éperdument des conséquences. C'est pour ça qu'il ignorait Coleman de toute sa superbe. Il lorgnait sans arrêt du côté de la scène, pour voir si Diana allait enfin arriver, se mettre à jouer sur ce fichu piano et à chanter comme elle seule savait le faire.

Mais Coleman ne bougeait pas. Il se tenait debout devant Maxie, comme un grand imbécile qu'il était à ce moment-là – je ne dis pas qu'il se comportait d'habitude comme un imbécile, non, mais à ce moment-là, il l'était vraiment – et il continuait à sourire d'un air béat et à vouloir tailler une bavette avec ce type qui commençait à s'énerver sérieusement. C'était l'alcool qui le faisait agir de la sorte et lui procurait le courage ou l'aveuglement nécessaires pour se frotter à un truand de ce calibre. Maxie avait compris que Coleman était ivre, et c'est ce qui le retenait de le descendre sur l'instant, mais sa patience avait des limites.

– Diana ? fit Coleman en chancelant. Oh ! Ne vous inquiétez pas ! Elle va finir par arriver...

Il se pencha vers Maxie et lui souffla à l'oreille :

– Moi c'est Coleman.

– Vous seriez l'archevêque de Canterbury ou le pape que ça serait pareil !

– Parce que vous les connaissez ? demanda le musicien.

Le truand était à deux doigts d'exploser et de flanquer une bonne dérouillée à ce type qui lui échauffait les oreilles.

– Bordel ! D'où sort cet abruti ? gronda-t-il en se massant les poings l'un après l'autre contre la paume de sa main, comme un boxeur prêt à monter sur le ring.

Il se tourna vers moi et me lança :

– Hé ! Stan, dis à ce gus de se tirer vite fait s'il ne veut pas que je lui arrange le portrait !

Je quittai le bar, m'approchai de Coleman et le pris par le bras pour l'emmener un peu plus loin. Mais il était sacrément ivre et ne voulait pas partir. Comme tous les alcooliques après un certain nombre de verres, il devenait un véritable crampon et il était alors impossible de s'en défaire.

– Qu'est-ce que tu me veux, toi ? me fit-il en me repoussant violemment en même temps qu'il tentait désespérément de recouvrer son équilibre.

Mais plus il essayait de se tenir droit, plus le sol chancelait sous ses pieds. Malgré cela, il s'efforçait de rester digne, tel un gentleman qui s'est octroyé un écart de conduite, et qui le regrette déjà.

– Monsieur Coleman, venez vous passer un peu d'eau froide sur le visage, et vous verrez que tout ira mieux.

– Je me sens très bien, Stan. Sers-moi plutôt un whisky.

– Plus tard, si vous voulez bien.

– Vous aussi vous voulez un whisky ? demanda Coleman en se penchant sur Maxie.

Le malheur, c'est qu'en disant ça son bras vint heurter un verre dont le contenu se répandit sur le pantalon de Maxie. L'Irlandais se mit à beugler comme un veau et se leva précipitamment, hors de lui :

– Bon Dieu ! fit-il en saisissant Coleman par le col de chemise et en le soulevant du sol, je vais l'étriper ce mec !

Il fallut l'intervention conjuguée de trois hommes dans l'assistance pour l'empêcher de commettre un meurtre.

– Excusez-le, fis-je, il ne sait plus ce qu'il fait.

– C'est pas une raison pour me saloper mon pantalon, bordel de merde !

L'Irlandais avait les yeux exorbités, il était dans une rage folle. A un moment, j'ai bien cru qu'il allait sortir son revolver et nous descendre tous, là, en plein Club, qu'on allait avoir droit à un carnage et à notre nom en première page des journaux. Maxie en avait tué pour moins que ça, et d'une manière beaucoup plus expéditive. Je sentis qu'il était temps d'intervenir.

– Je vous apporte tout de suite un autre verre, monsieur Maxie, dis-je d'un ton doucereux. Quant à votre pantalon, les frais de teinturier sont pour la maison.

L'Irlandais parut se calmer d'un seul coup.

Il se ravisa, étudia la tache sur son pantalon, puis, relevant la tête, s'aperçut que tout le monde le regardait. Alors il se mit à sourire et dit assez haut pour que tous l'entendent bien :

– Ça va pour cette fois... Ce n'est rien, mesdames et messieurs... Un simple incident...

Puis en aparté, il me souffla à l'oreille :

– Mais si ce type recommence, il y aura de la viande froide !

Un peu crispé, je pris Coleman par la taille et l'emmenai jusqu'aux toilettes, le plus discrètement possible.

Là, je lui plongeai la tête dans le lavabo et ouvris l'eau froide, histoire de lui remettre les idées au clair.

Après une minute d'ablutions, il parvint à se redresser et à ouvrir les yeux.

– Vous ne devriez pas vous mettre dans des états pareils, monsieur Coleman. Je connais Maxie et je peux vous jurer que vous revenez de loin ! Qu'est-ce qui vous a pris d'aller provoquer Maxie-la-Punaise ?

Coleman ne disait rien. Il semblait chercher ses mots et ne trouvait pas grand-chose à répondre.

– Pardonne-moi, Stan, je ne savais plus ce que je faisais.

– Non, vous ne saviez plus ! Bon Dieu, ça c'est certain ! Sincèrement, vous devriez moins boire !

Il fit un geste pour me signifier de me taire. Les remontrances, très peu pour lui.

– Je me sens mieux. Donne-moi mon sax et je file sur scène.

Quand Coleman arriva sur la scène, il y eut des sifflets dans le public. On pouvait même voir que Maxie les encourageait en criant :

– Hé ! Virez-moi ce gus ! On veut entendre Diana King !

Les gens riaient et applaudissaient. Mais quand il commença à jouer, tout le monde se tut. Coleman n'était pas un musicien ordinaire. C'était un ensorceleur. Ce qu'il faisait avec son sax, c'était tout simplement de la magie. Dès les premières notes, une musique chaude et sensuelle se répandit dans la salle, glissa entre les fauteuils et les tables basses, se mélangea à la fumée des cigarettes et aux vapeurs d'alcool, puis, tranquillement, envahit toute l'atmosphère. Une étrange marée de notes déferlait sur le Jazz Blanc.

Une demi-heure plus tard, Coleman jouait toujours quand Diana fit son entrée sur scène.

Diana King. Il faut vous imaginer quel genre de fille c'était. Si vous ne l'avez jamais vue, vous ne pouvez pas savoir ce qu'est le charme, l'élégance, la beauté et la distinction conjugués dans le même être. Je sais, je l'ai déjà dit, mais c'était une véritable splendeur, cette fille-là. C'est ce qu'il faut bien comprendre, pour la suite de l'histoire.

A travers son fourreau noir, on pouvait deviner la rondeur de ses seins, la souplesse de sa taille, le galbe de ses cuisses, la finesse de ses chevilles et, en prime, l'élégance de ses hanches qu'elle balançait de gauche à droite avec un mouvement pendulaire d'une précision troublante. Glamour.

Diana entra et tout le monde se mit à l'applaudir. Elle sourit, salua d'un petit signe de la tête et vint s'asseoir au piano.

Coleman cessa immédiatement de jouer et rejoignit sa chaise au fond de la scène, non sans avoir été ovationné à son tour par une partie du public et par Diana elle-même.

Indifférent aux honneurs, il retomba dans sa léthargie

postmusicale, s'offrit un nouveau verre, une énième cigarette, et observa un silence religieux tout le reste de la soirée. Il paraissait enfin rasséréné après ces instants rédempteurs qui lui avaient fait recouvrer ses esprits. Quant à Maxie, au comble du bonheur d'apercevoir enfin son idole en chair et en os, il semblait avoir oublié l'altercation, le visage déformé par l'horrible grimace qui lui tenait lieu de sourire. Si tant est qu'un visage aussi laid pût être déformé.

C'est alors que Diana commença de jouer et que la magie opéra.

Le jeu de piano de Diana King. Du jazz, bien sûr, mais pas n'importe lequel. Le plus chaud, le plus suave, des notes comme du miel. Du grand art. Et encore, ce n'était rien à côté de son jeu de jambes. Elle était assise de trois quarts et on pouvait l'admirer : des cuisses sur lesquelles sa robe noire glissait délicatement chaque fois qu'elle scandait le tempo de la musique, des chevilles que la lanière de ses chaussures à talons hauts soulignait avec élégance et, dans son sillage, glissant dans l'air, un parfum auquel chacun tentait désespérément de s'accrocher comme à une bouée de sauvetage.

Max Coleman fermait les yeux. Il l'écoutait, assis sur sa chaise au fond de la scène, tout près d'elle, à l'ombre de son aura. Il l'écoutait et il l'aimait déjà, cette fille sublime, à qui il n'aurait même pas osé rêver.

Il avait sorti une cigarette de son étui et il fumait, son saxophone sur les genoux.

Pour la première fois depuis bien longtemps, il était heureux.

Il n'était pas le seul, d'ailleurs. Maxie ne tenait plus

en place. Il se levait à chaque fin de morceau, applaudissait, puis s'époumonait :

– Bravo Diana ! Ça, c'est de la musique !

C'était de la musique, bien sûr, mais c'était aussi un sacré numéro de charme, ou alors je n'y connaissais plus rien. Cette fille avait le don de rendre fous les hommes qui gravitaient autour d'elle comme des comètes affolées.

Elle le savait bien et en jouait en virtuose. Mais toujours pour la bonne cause. La sienne. Celle qui en faisait l'artiste de jazz la plus réputée du moment.

A la fin du morceau, Maxie-la-Punaise se leva et applaudit de nouveau avec fracas, manquant renverser la table devant laquelle il était assis.

– Magnifique ! Formidable ! hurla-t-il.

Puis il se tourna vers moi et me tendit un billet de cinquante dollars en me disant :

– Hé ! Petit ! Va donner ça à Diana de ma part. Et dis-lui que je l'invite à boire un verre une fois son numéro terminé.

Je pris le billet, quittai le bar, m'approchai de la scène et tendis le billet à Diana.

– De la part de Maxie-la-Punaise. Il vous attend à sa table pour vous offrir un verre après le spectacle.

Diana King resta de marbre. Elle considéra le billet mais refusa de s'en saisir.

– Dites-lui que j'ai déjà été payée et que je n'ai pas soif.

Elle ajouta avec un sourire pincé :

– Je ne suis pas une artiste de cabaret. On ne m'achète pas comme ça.

Déconfit, je retournai vers Maxie et lui rapportai les

propos de la belle. Il parut prendre ce revers avec une certaine philosophie.

– Décidément, cette petite a du chien. J'aime ça.

Il fit un signe en direction de la scène.

Diana l'ignora et continua à jouer comme si rien ne s'était passé.

– Elle viendra, me dit Maxie-la-Punaise. Sois-en sûr, elle finira par venir !

– C'est possible. En attendant, qu'est-ce que je fais de ça ? demandai-je en lui tendant le billet.

Maxie, grand seigneur, haussa les épaules.

– Garde-le. Tu l'as bien mérité.

Je le remerciai, empochai les cinquante dollars et rejoignis le bar.

En passant, je remarquai que Coleman fumait toujours tranquillement, assis sur sa chaise au fond de la scène, sans rien dire, juste à écouter le piano et la voix de Diana King. Il semblait ailleurs. Je ne sais où précisément, mais il n'était pas là, c'est certain. Ça caractérisait tout à fait Coleman. Il pouvait se trouver en face de vous et paraître à cent mille lieues de là, songeant aux sons sublimes qu'il pourrait tirer de son saxophone. C'était ce qui en faisait un type difficile à vivre. Et un musicien de génie.

Je savais très bien ce qui arrivait à Coleman. Il était en train de tomber amoureux. D'abord, du jeu de piano de Diana King. Ensuite de la voix de Diana King. Enfin de Diana King elle-même. Cela se voyait à l'expression de son visage. Dieu seul sait ce qu'il imaginait à cet instant, mais je suis à peu près certain qu'il se voyait au paradis avec cette fille, jouant dans un orchestre de jazz pour l'éternité.

A la fin du spectacle, Diana fut ovationnée pendant de longues minutes.

Maxie-la-Punaise se leva et attendit qu'elle veuille bien quitter la scène pour l'inviter à le rejoindre. Mais elle se déroba et rejoignit sa loge. Aussitôt Maxie se précipita vers moi et me cria :

– Hé ! Stan, va lui dire que je l'attends !

– Vous croyez que je dois la déranger ?

L'Irlandais se mit en rogne, m'attrapa par le col et me plaqua contre le bar. Je crus qu'il allait m'étrangler tant il avait de force.

– Dis donc, toi ! N'essaye pas de me refaire ! Je t'ai filé cinquante dollars pour cette commission, alors tu files dare-dare et tu la ramènes illico. Compris ?

– Compris, monsieur Maxie.

Il me relâcha, défroissa ma veste du revers de la main, arbora un large sourire, me donna une petite tape amicale sur la joue et retourna à sa place.

Je me précipitai vers la loge de Diana, comprenant un peu tard qu'accepter de l'argent d'un truand comportait une certaine part de risques.

Je frappai. Bruit de pas. Diana vint m'ouvrir, une bouteille d'eau à la main.

– Qu'est-ce que c'est ?

– Je viens de la part de Maxie-la-Punaise. Il veut absolument vous avoir à sa table.

– Encore lui ? Décidément, il ne me lâchera pas. Dites-lui que je ne bois presque jamais d'alcool. Et que je préfère rester dans ma loge.

Je lui jetai un regard suppliant.

– Qu'est-ce qui ne va pas ?

– Je vous en prie, madame King. Acceptez. Si vous ne le faites pas pour lui, faites-le pour moi !

Diana parut amusée. Elle esquissa un sourire et demanda :

– Pourquoi donc ?

– Si vous ne venez pas, j'ai bien peur qu'il ne finisse par s'énerver pour de bon.

Elle fronça les sourcils, étonnée.

– Il est si terrible que ça, ce Maxie, quand il se met en colère ?

– Vous ne pouvez pas imaginer !

Elle se mit à rire et je compris que la partie était gagnée.

– D'accord, fit-elle. A une seule condition.

– Laquelle ?

– Que ce type, ce saxophoniste, se joigne à nous.

Je la regardai d'un air stupéfait.

– Max Coleman ?

– Je ne connais pas son nom. Mais il joue merveilleusement bien. Je l'ai écouté avant d'entrer en scène. Un pur régal.

Elle ajouta :

– J'ai bien envie de le connaître.

Je fis une grimace.

– Qu'est-ce qu'il y a ? demanda-t-elle. Il n'est pas sympathique ?

– Ce n'est pas ça ! Ce soir il a un peu bu et il a renversé un verre sur le pantalon de Maxie. Depuis, ils ne sont pas très amis.

– Ça ne fait rien. Dites-lui de venir quand même.

Silence.

– Vous êtes certaine de ce que vous faites ?

Elle me regarda et sourit.

– C'est ça ou rien. Dites-le à Maxie.

– Bien, dis-je en m'inclinant, comprenant qu'on ne pouvait rien refuser à une femme pareille. Si vous aimez le spectacle, vous allez être servie !

– J'y compte bien, fit-elle.

Et elle referma la porte si délicatement que je restai inerte quelques secondes. Je venais de me faire congédier de la manière la plus charmante qui fût.

Je retournai dans la salle et prévins Maxie.

Il s'emporta, comme à son habitude, et se mit à hurler :

– Qu'est-ce qu'elle lui trouve à ce Coleman ?

– Elle pense qu'il est un excellent musicien de jazz. Sans doute le meilleur qu'elle ait jamais entendu.

– Tu parles ! Il est imbibé comme une éponge et ne peut pas s'empêcher de provoquer des catastrophes ! Dis-lui que c'est non.

A ce moment-là, Diana fit irruption dans la salle. Elle vit que l'Irlandais et moi étions en pleine conversation et que Coleman était toujours assis sur sa chaise. Elle se dirigea aussitôt vers lui, se pencha, et lui murmura deux ou trois mots à l'oreille. Il lui répondit puis ils échangèrent un sourire. Ensuite, Coleman se leva et la suivit jusqu'à la table de Maxie.

– Je crois que les présentations sont déjà faites, dit Diana à l'adresse de Maxie-la-Punaise.

L'Irlandais jeta un regard froid au musicien :

– Ouais. Ce type m'a salopé mon pantalon !

– Je ne l'ai pas fait exprès, dit Coleman.

– Bien sûr que non, fit observer Diana.

Elle s'assit et sortit une cigarette de son étui. Aussitôt les deux hommes tendirent leur briquet vers elle mais Maxie fut le plus rapide.

– Alors comme ça, le spectacle vous a plu ? demanda-t-elle.

– C'était divin ! s'enflamma l'Irlandais. Du grand art !

Puis, se tournant vers Coleman :

– Cela faisait longtemps qu'on n'avait pas entendu du jazz aussi bon dans cette boutique !

Coleman ne releva pas la pique. Diana, quant à elle, le remercia du compliment.

– C'est gentil. Maintenant, je veux bien l'accepter, ce verre. J'ai une de ces soifs !

– Que désirez-vous boire, Diana ? fit Maxie d'un ton langoureux.

– Je ne prends en principe jamais d'alcool mais ce soir je veux bien faire une exception. Si vous avez du bon champagne...

– Stan, deux coupes ! cria Maxie en se tournant vers moi.

– Pour moi aussi, deux coupes ! ajouta malicieusement Coleman.

L'Irlandais le fusilla du regard, serra les poings mais ne dit rien. Il comprit très vite que cette stratégie demeurait la meilleure pour évincer son adversaire. Il valait mieux l'ignorer et lui servir à boire. A la fin, il serait tellement ivre que Diana finirait par se désintéresser de lui.

Mais ce que n'avait pas prévu Maxie, c'est que le musicien était tellement habitué à ingurgiter de l'alcool que, même au stade ultime de l'ivresse, il pouvait encore soutenir une conversation.

– Comment faites-vous ? demanda Coleman à Diana.

– Comment faites-vous pour quoi ?

– Pour ne jamais boire d'alcool.

Elle le regarda en souriant.

– Oh, je suppose que c'est une question d'habitude.

– C'est aussi ce que je me dis. Il n'y a rien de pire que de s'habituer à quelque chose.

J'apportai les quatre coupes de champagne et les trois convives trinquèrent au talent de Diana.

– Et vous, où avez-vous appris à jouer du saxophone comme ça ? demanda-t-elle soudain en se tournant vers Coleman qui avait déjà terminé sa première coupe et s'apprêtait à entamer la deuxième.

– En écoutant des disques de Lester Young, en buvant chaque jour avec une constance inégalable, et en passant à côté de femmes comme vous.

Diana se mit à rire et Coleman eut un sourire bref et lumineux. Il semblait soudain serein, comme s'il venait de dessaouler d'un seul coup, comprenant le bien que lui procurait la présence de cette femme.

– Bon Dieu, fit Maxie, furieux de voir leur complicité s'établir aussi vite, ce qui m'intéresse, c'est vous, pas ce type !

Il comprenait que la situation lui échappait totalement et que bientôt il ne pourrait plus en placer une.

– Vous avez tort ! fit Diana.

L'Irlandais faillit s'étrangler avec son champagne.

– Vous trouvez que vous n'êtes pas plus intéressante que ce cave ?

Elle tira une longue bouffée de sa cigarette et répondit :

– D'un point de vue musical, non.

– Mais on s'en contrefiche de ce que fait ce type et d'où il vient, s'il a appris à jouer de la clarinette avec Benny Goodman ou un autre...

– Je ne joue pas de la clarinette, rectifia Coleman, mais du sax !... Et je n'ai rien d'un cave.

– Sax ou clarinette, c'est du pareil au même !

Cette fois, ce fut au tour de Diana de paraître outrée.

– Non, ce n'est pas pareil du tout ! Voilà pourquoi le cave c'est vous et non pas lui !

– Et toc ! fit Coleman. Prends ça dans ta sale gueule d'Irlandais !

Ce fut le mot de trop. Je sais bien que Coleman n'aurait jamais dû dire ça, mais ce soir-là, il avait un peu perdu le sens de la mesure.

– Qu'est-ce que tu as dit ?

– Que tu avais une sale gueule d'Irlandais ! répéta le musicien.

Maxie, ulcéré, jaillit littéralement de son fauteuil et se mit à frapper le saxophoniste avec une rare férocité. Coleman se défendit comme il put, c'est-à-dire sans aucune conviction, et il reçut une pluie de coups au visage.

– Connard ! Abruti ! Tu m'as salopé mon pantalon et maintenant tu m'insultes ? Ah, mon salaud, je vais t'arranger le portrait !

Il fallut l'intervention des deux videurs du Club pour maîtriser Maxie-la-Punaise et extraire le musicien de ses griffes.

Une fois ceinturé, Maxie ne se calma pas pour autant. Il se débattit comme un beau diable, lançant des coups de poing et de pied dans le vide.

Les deux malabars du Club le conduisirent manu militari vers la sortie en le conjurant de cesser cet esclandre. Mais même dehors, il continuait de brailler :

– Ordure ! Charogne ! Si tu reviens ici, Coleman, je te jure que je te descends !

Durant toute la scène, Diana n'avait pas bougé. Qu'aurait-elle pu faire face à cette brute ? Elle se contenta de constater les dégâts : une lèvre fendue, quelques ecchymoses et une blessure à l'arcade sourcilière.

Elle emmena Coleman dans sa loge et l'allongea sur le canapé.

J'apportai une serviette chaude et une poche de glace qu'elle appliqua sur la tempe du blessé.

– Eh bien, il ne vous a pas loupé, dit-elle en lui tamponnant la plaie avec le coin de la serviette.

– Non, pas vraiment. Je n'ai jamais été très fort à la bagarre.

– Il faut bien l'avouer. Je n'ai jamais vu quelqu'un se défendre aussi mal.

Elle se mit à rire et Coleman voulut l'imiter mais la douleur le rappela à l'ordre.

– Ne bougez pas, dit-elle, sinon la plaie va s'ouvrir et il faudra vous emmener aux urgences pour réparer tout ça.

– Vous croyez que ça va aller ? demandai-je.

Coleman me fit signe que oui.

– C'est un peu de ma faute, reprit Diana. Je suis désolée. Je n'aurais pas dû vous faire venir à cette table.

– Ce n'est rien.

– Vous croyez ? Si vous retombez entre les pattes de ce type, je ne donne pas cher de votre peau.

– Ça ne fait rien. De toute façon, elle ne vaut pas grand-chose.

Il ajouta, en plongeant son regard dans ses yeux bleus et profonds comme l'océan :

– Si c'était à refaire, je recommencerais. Rien que pour sentir la chaleur de votre main sur mon visage.

J'ai toujours eu un faible pour les infirmières dans votre genre.

Elle pencha son joli minois vers lui et dit d'une voix douce :

– Ne dites pas de bêtises !

En vérité, ce qu'elle n'osait s'avouer encore, c'est qu'elle aussi commençait à se sentir attirée par Coleman. Elle avait toujours eu un faible pour les hommes qui ne savaient pas se battre.

Une histoire d'amour. Voilà ce qui arrivait. Là, sous mes yeux, une histoire d'amour était en train de naître entre Max Coleman et Diana King. Qui aurait pu le prévoir ? Pas moi en tout cas. Et pourtant voici ce qui s'est passé ce soir-là.

Une fois le dernier client parti, Diana et Coleman sont revenus dans la salle pour me tenir compagnie pendant que je mettais un peu d'ordre dans le Club. Ils sont restés ensemble une bonne partie de la nuit à boire des verres en riant, à se raconter des histoires et même à jouer des airs de jazz. Diana King, assise derrière son piano noir, lançait des accords repris aussitôt en chorus par le saxophone de Coleman.

A la fin, ils s'observaient à la dérobée en jouant, une œillade par-ci, un clin d'œil par-là, c'était comme un jeu entre eux, et la musique remplaçait les mots qu'ils auraient pu échanger.

Enfin, Diana arrêta de jouer, se leva, s'étira comme une chatte, et s'approcha de Coleman, toujours assis sur sa chaise. Elle posa sa main sur son épaule, une main fine et gracile et, d'une caresse légère, remonta jusqu'à sa joue avant de murmurer d'une voix douce, désignant l'arcade :

– Vous avez encore mal ?

– Vous ne pouvez pas imaginer.

Elle sourit, lui faisant bien comprendre qu'elle n'était pas dupe.

– Je ne vais quand même pas jouer à l'infirmière toute la nuit.

– Dommage...

Elle posa ses bras sur ses épaules et l'enlaça.

– Je suis épuisée. Pas vous ?

– Non, ça va... Je peux tenir encore.

Ce qu'il voulait dire par là, c'est qu'il pouvait rester toute la nuit, et même le reste de sa vie, à la contempler et qu'il ne s'en lasserait jamais. Ce qui allait arriver ensuite et tout le reste, il n'en savait rien, mais il était sûr de cette chose-là. Il n'avait besoin de rien d'autre que de sa présence.

Diana parut le comprendre car elle fit glisser sa main droite sur la joue de Coleman. Elle ne la retira pas. Non, c'était comme une caresse brûlante, quelque chose qui vous maintient en vie et vous donne la force d'exister.

A ce moment-là, Max tremblait comme une feuille. Il ne voulait pas qu'elle retire sa main. Ce qu'il désirait, c'était que le temps s'arrête, que Diana et lui restent ainsi pour l'éternité.

Diana finit par la retirer, cette main, mais d'une façon si caressante qu'il en frissonna.

– Si on mettait un disque ? suggéra-t-elle.

– Bonne idée.

Elle se dirigea vers le bar et choisit un morceau de Duke Ellington. Puis elle revint lentement vers Coleman, la musique en fond derrière elle comme pour l'escorter jusqu'à lui. Elle sourit et eut alors ce geste troublant : elle fit glisser derrière son oreille une longue mèche rebelle.

– Bon dieu ! s'exclama Coleman en secouant la tête de droite à gauche comme s'il avait du mal à croire ce qu'il voyait.

Diana posa ensuite sa main sur la cuisse du musicien, juste pour se maintenir en équilibre et ne pas tomber en arrière, défit les lanières de ses chaussures, les lança hors de la scène, et vint s'asseoir sur ses genoux.

Puis, toujours sans un mot, au rythme de la musique d'Ellington, elle l'embrassa.

Comment vous raconter la suite ? C'est toujours délicat ce genre de situation. On ne sait jamais comment s'y prendre. Si je vous en dis trop, vous allez être jaloux et croire que je vous raconte des craques. Si je ne vous en dis pas assez, vous serez frustré. Ce que je vais essayer de faire, c'est suggérer. Quand il s'agit d'évoquer une femme, il faut savoir effleurer la question.

Je n'y ai pas assisté, bien sûr, à cette scène, parce que j'avais quitté le Club comme d'habitude vers quatre heures du matin, laissant Max en compagnie de son dernier verre. Seulement, cette fois, il n'était pas seul. C'est lui qui m'a tout raconté le lendemain. Je ne crois pas qu'il m'ait menti. Des histoires comme ça, ça ne s'invente pas.

D'abord le décor. La scène et tous les instruments. Un piano noir, une batterie avec une paire de balais, une grosse caisse, des cymbales, deux trompettes, un saxophone, une contrebasse.

Faire l'amour au milieu de tout ça, c'est déjà une performance. Mais y parvenir sans qu'aucun d'eux ne résonne, ça tient du miracle.

Diana était sur les genoux de Coleman, elle l'embrassait à pleine bouche. Et, tout en l'embrassant, elle faisait glisser lentement les bretelles de sa robe sur ses épaules, avec un déhanchement qui rappelait une danse nègre. En toile de fond, toujours la même musique de jazz feutrée, comme si l'orchestre de Duke Ellington avait choisi de jouer en sourdine pour ne pas les déranger.

Coleman, lui, ne bougeait plus, il se laissait faire, il craignait qu'un souffle, un mouvement trop brusque ne fasse disparaître la magie de son rêve, comme un gosse devant sa bulle de savon. Une bulle... Il vivait cet instant à l'intérieur d'une bulle, un de ces instants magiques en apesanteur.

La robe glissait de plus en plus bas, et apparurent les épaules, les bras, bientôt les seins... Coleman retenait son souffle. La bulle tenait bon. Pour combien de temps ? Le parfum de sa peau. Sa langue entortillée autour de la sienne. Pour combien de temps encore ?

Mais Diana posa ses deux mains sur sa nuque et, dans une ultime contorsion, fit choir sa robe sur le sol. Sans un bruit. Comme un pétale de tulipe noire tombe sur un oreiller de soie blanche.

Elle était presque nue. Et ce presque était la plus belle promesse de sa nudité. Elle se laissa alors glisser sur le sol et entraîna Coleman avec elle...

Le reste, je vous le laisse imaginer.

Coleman n'a pas donné trop de détails là-dessus. Son tact habituel.

Tout commença à déraper lorsque la musique d'Ellington s'arrêta.

Dès que le disque fut terminé, la magie disparut et Diana, comme au sortir d'un rêve, sembla reprendre ses esprits.

Sans musique, Coleman n'était plus le même. Il perdait tout prestige, redevenait un homme ordinaire.

C'est ce que Diana parut comprendre, un peu tard il est vrai, mais avec une lucidité toute féminine. Elle s'en voulait de s'être laissé prendre au piège le plus élémentaire qui fût : celui de l'apparence. Ce qui l'avait charmée chez cet homme, ce n'était ni sa personnalité – elle ne la connaissait pas – ni même son physique – il était plaisant mais pas d'une beauté éblouissante –, non, c'était tout simplement la musique de son saxophone. Or, Coleman ne jouait plus. Le Duke non plus. Et, pire que tout, elle venait de se rendre compte que son haleine empestait l'alcool.

Diana se redressa soudain, observa attentivement le visage de cet homme marqué par les excès de boisson et déclara :

– Je suis désolée... Je ne sais pas ce qui m'a pris...

Elle se leva en hâte.
– Où allez-vous ? bredouilla Coleman.
– Je... Je dois partir...
– Pourquoi ?
Elle regarda la pendule.
– Il est tard...
Elle répéta encore :
– Je suis désolée... Il faut vraiment que je rentre.
Silence glacial.
– Vous ne voulez pas un dernier verre ?
Elle lui jeta un regard noir.
– Vous ne vous arrêtez donc jamais de boire ?
– Pourquoi le ferais-je ?

Cette fois, Diana mesura l'ampleur du mal et, dès lors, sa décision fut irrévocable. Elle se mit à regretter tout ce qui s'était passé, s'habilla prestement et, d'un geste vif, rassembla ses cheveux à l'aide d'un nœud de velours noir.

Elle s'en voulait de s'être laissé attirer par cet homme. Sans doute avait-elle, elle aussi, un peu trop bu, mais dorénavant elle y regarderait à deux fois avant de tomber dans les bras du premier venu.

Coleman, lui, était désespéré. Il avait cru que sa vie allait changer, qu'ils allaient rester étendus là à jamais, à faire l'amour sur cette scène, entre le piano noir et le saxophone, que ça recommencerait chaque soir de sa vie et que rien ne serait jamais plus comme avant.

Et puis il s'était enlisé tout seul et n'avait pu trouver les mots justes pour s'extraire de cette nasse. A cause de l'alcool. Toujours l'alcool. Il s'en serait arraché les cheveux de rage.

– Attendez ! Je vous en prie !

Diana n'attendit pas. Sans un regard, elle quitta le Jazz Blanc en faisant claquer la porte de service.

La bulle avait définitivement éclaté.

Le lendemain, lorsqu'il eut fini de me raconter tout cela, Coleman me regarda et ajouta :

– Ça aurait pu être une merveilleuse histoire d'amour entre un saxophoniste et une pianiste-chanteuse de jazz, quelque chose dont on aurait parlé dans les journaux. Max Coleman et Diana King jouent tous les soirs pour vous au Jazz Blanc... Je peux voir les titres d'ici.

– Moi aussi, fis-je en hochant la tête, un peu abattu.

– Cette fille était peut-être faite pour moi, mais ce qui est sûr, c'est que je n'étais pas fait pour elle.

– Vous croyez ?

– Sûr. Ça reste tout de même la plus belle histoire d'amour manquée de ma vie.

Je regardai Coleman en écarquillant les yeux.

– C'est beau ce que vous venez de dire. La plus belle histoire d'amour manquée de votre vie.

– Oui, j'ai tout raté, mais au moins ça en valait la peine.

Coleman se tut et prit son saxophone. Puis il se mit à jouer un air très lent et très grave, un air que je connaissais bien.

– C'est quoi ce morceau ? *Blue Alcool* ?

Il me regarda tristement et ajouta :

– Oui, c'est bien ça.

Je levai la tête vers le plafond, tentant vainement de saisir au vol les notes qui sortaient du saxophone. Alors, sans un mot, je me dirigeai vers le bar, pris un grand verre, le remplis d'eau fraîche et l'apportai à Max.

– Tenez, dis-je, je vous ai rajouté quelques glaçons.

– Fallait pas.

– Excusez-moi, monsieur Coleman.

– Ce n'est rien.

Je venais de comprendre que ce génie du saxophone jouait peut-être pour la dernière fois, et je ne sais pas pourquoi mais j'avais tout à coup envie de chialer comme un môme.

– Alors comme ça, c'est la fin ?

Il regarda son verre d'eau comme s'il en découvrait l'existence et, refusant d'y tremper les lèvres, il dit :

– C'est la fin. Je ne boirai plus jamais d'alcool. Et je ne jouerai plus au Jazz Blanc.

– Pourquoi maintenant ?

Coleman haussa les épaules :

– Parce qu'il est temps. Il y a toujours une fin à un moment donné. Et ce moment est arrivé.

– C'est à cause de Diana ?

– Non, je ne lui en veux pas.

– A cause de Maxie ?

– Non. Je me fous de ce type. Même si je ne tiens pas spécialement à le revoir.

– A cause de moi ?

– Non, bien sûr. Pourquoi t'en voudrais-je ?

– Alors pourquoi ? Pourquoi ?

Pourquoi, Bon Dieu, voulait-il quitter le Jazz Blanc ? Je voulais savoir.

Coleman s'assit, son chapeau tombant de trois quarts sur son oreille droite, alluma une cigarette, aspira une bouffée, me regarda et dit :

– A cause de la vie.

Je le regardai sans comprendre.

– La vie ?

– Oui. Parce que, désormais, je sais que j'ai rencontré la femme de ma vie et qu'elle ne m'appartiendra jamais. La vie m'a offert cette opportunité et je n'ai pas su la saisir. Je suis tout simplement passé à côté d'elle, ce n'est pas plus compliqué que ça.

– Et alors, fis-je, qu'est-ce que ça a à voir avec le fait de continuer à jouer au Jazz Blanc ?

– Tu ne comprends pas parce que tu n'es qu'un gosse. Une femme comme Diana King, on n'en rencontre qu'une seule dans l'existence. On n'a pas de seconde chance. Pas à mon âge.

Il me sourit tristement et répéta :

– Non, pas de seconde chance.

Puis il se leva, se dirigea vers la scène, prit son saxophone et dit :

– Tu comprends. Le parfum et l'image de Diana King ne quitteront jamais cet endroit. Jamais. Ils sont liés pour toujours. Et je ne tiens pas à souffrir chaque soir, à entrer sur scène en me remémorant ce que j'ai vécu avec elle, et surtout ce que j'aurais pu vivre avec elle.

– Je comprends, fis-je.

– Alors je vais aller jouer ailleurs. Dans un autre club. A jeun, pour une fois. Je ne sais pas ce que ça va donner musicalement, mais ça me servira de punition. Si j'avais eu les idées claires, j'aurais peut-être pu retenir cette fille.

– Je vous en prie, monsieur Coleman. Restez encore un peu, il ne faut pas que vous...

Il me coupa aussitôt et dit d'une voix rauque :

– Oh arrête, Stan, je t'en prie. Fiche-moi la paix, maintenant.

Il s'approcha de moi et me tendit la main.

– Si tu entends parler de moi un jour ou l'autre, viens m'écouter jouer. Je ne serai peut-être jamais aussi bon que je l'ai été, mais ça me fera plaisir de te revoir.

Je restai sans voix pendant plusieurs secondes.

– Je viendrai. Soyez-en sûr.

Il fit un geste comme pour me signifier qu'il était temps de partir.

– L'alcool, ce n'est plus pour moi, dit-il encore. D'ailleurs, j'en ai assez bu pour le restant de mes jours.

Il vida alors son verre d'eau d'une seule traite, en grimaçant.

– Ce n'est pas aussi mauvais qu'on le dit, observa-t-il en s'essuyant la bouche du revers de la main.

– Non, c'est vrai, fis-je bêtement. Vous verrez, vous finirez par vous y habituer.

Il me tapa sur l'épaule, prit ses affaires et s'apprêta à partir. Juste avant de sortir du Club et de ma vie, il se tourna vers moi et ajouta :

– Au fait, gamin, je voulais te dire encore une chose...

– Oui ? fis-je.

Il leva les yeux au ciel comme pour chercher l'inspiration, prit son air poseur et lança comme une sentence :

– N'oublie pas ceci : jouer du jazz, c'est comme raconter une histoire. Une fois la musique envolée et le morceau terminé, il ne doit rester que du bonheur... Sinon ça ne sert à rien. Strictement à rien !

Je relevai la tête et regardai Coleman bien dans les yeux. Puis, convaincu que je lui parlais pour la dernière fois, je lui répondis :

– Je n'oublierai pas, monsieur Coleman. Non, vous pouvez être certain qu'une phrase pareille, je ne l'oublierai jamais.

Poker

Je voulais vous raconter l'histoire de ce type qu'on appelait Davis Dam et qui jouait au poker comme un dieu. Connaître une histoire pareille et la garder pour soi, c'est comme avoir un carré d'as entre les mains et dire « je passe »... Quelque chose qui ne se fait pas quand on est joueur. Et joueur, on peut dire que Davis l'était sacrément !

Son vrai nom, je ne l'ai jamais su. Ou je n'ai jamais voulu le savoir. A l'époque, pour différencier tous les Johnny et les Bill qu'on pouvait croiser aux tables de poker, on leur collait un surnom, le plus souvent la ville dont ils étaient originaires. Davis Dam, c'était une petite bourgade sur les bords du Colorado, là où il avait passé son enfance. Et là-bas, à part garder les vaches ou jouer aux cartes, il n'y avait rien à faire. Comme il n'avait aucune vocation de cow-boy, il avait choisi les cartes et, à force d'expérience, était devenu le plus grand champion de poker de tout l'Arizona. Parce qu'il n'avait pas froid aux yeux, qu'il aimait le poker par-dessus tout. Et qu'il savait s'y prendre pour vous plumer au jeu.

Davis Dam. Un sacré type sorti tout droit du Far West, avec un Stetson vissé sur la tête. Sauf qu'il n'avait pas de revolver à la ceinture et que Buffalo Bill était mort depuis presque un siècle.

A l'époque où je l'ai rencontré, je gagnais ma vie là où tant d'autres la perdaient. J'exerçais une profession aussi rare qu'insolite : j'étais joueur de cartes professionnel dans un casino de Las Vegas. Je ne sais pas si vous connaissez Las Vegas. Un paradis pour certains : banquiers, anciens mafieux reconvertis en investisseurs, hôteliers, entrepreneurs, chanceux au jeu. Un enfer pour tous les autres : ceux qui viennent ici en croyant trouver l'Eldorado et qui y perdent très vite leurs illusions et leur argent.

Las Vegas. La ville étoile. Et justement, pour venir ici, il valait mieux en avoir une avec soi. Ces gars-là, ceux qui étaient en veine, on les reconnaissait à ça : partout où ils allaient et quoi qu'ils fassent, il y avait toujours comme une étoile au-dessus de leur tête. On pouvait appeler ça comme on voulait : la chance, le hasard ou le destin. Tout ce que je sais, c'est que c'était quelque chose de rare.

Davis Dam, lui, l'avait, cette étoile.

Las Vegas. Une ville qui ne s'arrête jamais un seul instant de jouer. Pas une seconde. Jamais, vous entendez, jamais on n'éteint les lumières, jamais on ne débranche les prises de courant et jamais on ne va se coucher.

Toute la nuit la folie continue, et il n'est pas rare qu'au petit matin, on trouve encore quelques aficionados, les yeux hagards, le teint blafard à force de fatigue, accrochés à leur machine à sous comme si leur vie en dépendait.

Las Vegas. La ville aux dix millions de lumières.

La ville la plus folle des États-Unis, dont on revient pauvre comme job, ou si riche qu'on refuse d'en partir jamais.

La ville des illusions, du jeu et de l'argent. Une cité de lumière en plein désert, là où ne brillent d'ordinaire que les étoiles. Des palaces vertigineux d'un luxe inouï. Le royaume de la démesure.

Avant d'échouer ici et de devenir l'un des privilégiés à fréquenter chaque jour un casino, et à réussir à vivre de cet art périlleux qu'est le jeu, j'avais exercé un peu tous les métiers du monde. Vendeur d'assurances vie au porte-à-porte, vendeur de voitures d'occasion, barman, et enfin, serveur dans un casino. C'est là que j'ai été contaminé par le virus du jeu.

Comme boulot, c'était plutôt le bon plan. J'apercevais un client installé devant une machine à sous, je le saluais et lui offrais une consommation gratis. Parfois, je devais distribuer des gadgets, ou même des repas. Tout était gratis. La seule chose qui ne l'était pas, c'était le jeu. Et, bien sûr, les gens venaient pour ça : jouer. Ils amenaient avec eux une certaine somme d'argent et personne ne serait reparti avant de l'avoir dépensée. Il fallait en rentrant qu'ils puissent dire à leur famille ou à leur voisin : « J'ai été là-bas et j'ai tenté ma chance. »

Tenter sa chance. Ils n'avaient que cette phrase à la bouche. Un siècle plus tôt, c'était pour chercher de l'or en Californie. Et maintenant, leur eldorado s'appelait Las Vegas.

Ce qu'ils ne savaient pas, ou refusaient de voir, c'était que la chance était rare. Et, tout comme au temps des prospecteurs, il y avait plus de chercheurs d'or que de pépites.

C'était pour ça que je ne jouais pas aux machines à

sous, mais aux cartes. Parce que dans les cartes, il n'y a pas que le facteur chance. Il y a aussi ce qu'on appelle la science du jeu. Le poker. Quand on commence à jouer aux cartes, on finit toujours par y venir. Parce que c'est là, avec un peu de métier et pas mal de sang-froid, c'est là qu'on peut trouver le grand frisson. Et gagner vraiment de l'argent.

Mais on ne s'improvise pas champion de poker. Il y faut autant de finesse d'analyse que de chance.

Aux États-Unis, tout le monde joue au poker, persuadé que ce jeu est américain.

En fait, il existe plusieurs versions sur l'origine du poker, toutes différentes, et je ne sais laquelle est la vraie. Pour certains, il serait né en Angleterre, ou en Iran, ou en Allemagne. A mon sens, la plus plausible est celle qui le fait naître en France, inspiré d'un jeu appelé bouillotte. Ce n'est qu'avec l'armée de La Fayette qu'il serait entré sur le Nouveau Continent. Par l'intermédiaire des soldats, il se serait rapidement imposé comme le roi des jeux de cartes.

Ce qui est certain, c'est qu'on l'a vu croître ensuite un peu partout : de New York à Miami, en Louisiane sur les vapeurs du Mississippi, dans les saloons de l'Ouest et même à la frontière du Mexique. Mais là où il est devenu incontournable, c'est à Las Vegas.

Et c'est justement à Las Vegas que venaient se rencontrer les meilleurs joueurs du monde. Là, sous mon nez. Et moi, chaque soir après mon service, j'allais les regarder jouer. Jusqu'au jour où l'un d'eux, un type qui s'appelait Clarke et avait gagné sept tournois internationaux, m'a demandé de venir jouer avec lui.

Ça a commencé comme ça. Bien sûr, j'ai perdu pendant plusieurs semaines avec une constance et une régularité qui forçaient le respect, mais lorsque j'ai gagné ma première partie contre Clarke, j'ai compris que je ne décrocherais plus.

Clarke m'a regardé et m'a confié :

– Je crois que tu as les nerfs pour devenir un grand joueur de poker !

Clarke avait raison.

J'avais en moi le vice du jeu. Et, en l'espace de quelques mois, j'étais devenu un joueur tout à fait honorable.

Après plusieurs mois passés à observer les meilleurs joueurs du monde et à reproduire leurs tactiques et leurs astuces, j'avais compris qu'avec un peu de chance et pas mal d'expérience on pouvait gagner sa vie sans fatigue, simplement en jouant aux cartes. Pour cela, il fallait des nerfs d'acier, le goût du risque et un cœur bien accroché. Je possédais tout ça, je n'ai donc pas hésité. J'ai quitté mon emploi, rassemblé mes maigres économies et me suis lancé dans le circuit professionnel. Je dormais le jour et vivais la nuit. J'arrivais au casino à 20 heures et n'en repartais pas avant l'aube. Ce n'était plus moi qui servais les clients, mais les autres qui étaient à mon service. Je buvais et mangeais à satiété, sans débourser le moindre cent. Les bons jours, je parvenais à me faire six à sept mille dollars. Les mauvais, j'en perdais autant.

Il n'y avait pas une partie importante dont je ne fus l'un des participants majeurs, pas un tournoi disputé sans moi.

Au bout d'une année, j'ai commencé à gagner pas mal d'argent et, pour la première fois de mon existence, à regarder l'avenir avec un peu plus de sérénité. C'est là, dans ce casino, que j'ai joué mes plus belles parties contre des types bourrés aux as. Et c'est là aussi que j'ai rencontré Davis Dam.

Davis Dam. Une gueule d'ange et une sacrée veine. Plutôt beau gosse, il faut bien l'avouer. Et de la classe. D'ailleurs, quand il jouait aux cartes, qu'il fumait son cigare, ou qu'il se promenait simplement dans la rue, il n'était pas rare que les passants se retournent derrière lui en murmurant :

– La classe !

Davis Dam en imposait. D'abord parce qu'il était très grand. Et aussi parce qu'il plaisait aux femmes. Et quand un type qui a une gueule d'ange, qui est en veine aux cartes et qui plaît aux femmes joue contre toi, tu te dis que la partie est loin d'être gagnée.

La rencontre s'est passée comme ça. J'étais assis à une table de poker et je jouais contre le champion du monde, Sid Wyman. Et, contre toute attente, je gagnais. Sid, qui n'avait jamais joué contre moi auparavant, n'en croyait pas ses yeux et n'arrêtait pas de répéter :

– Merde, mais qui c'est ce type ?

– Je m'appelle Willcox.

– Willcox ? fit-il en me regardant, c'est pas un nom, ça ?

– C'est pourtant le mien. C'est le bled d'où je viens, dans l'Arizona.

– Willcox, c'est pas un bled ! hurla Sid.

– Bien sûr que si, c'en est un !

Après la partie, Davis, qui avait vu toute la scène, s'approcha de moi et me dit :

– Je cherche un partenaire dans ton genre.

– Faut voir, ai-je répondu.

– C'est tout vu, a fait Davis.

C'est comme ça qu'est née la plus fameuse paire de joueurs de poker de tout le Nevada.

Pendant un an, on a tout gagné. Tous les tournois et toutes les parties qu'on nous proposait. Un sacré pactole. Cela aurait pu durer longtemps si Davis n'avait pas été pris par la folie des grandeurs.

La seule chose qui le différenciait de tous les autres grands joueurs de Las Vegas, c'était l'argent. Dès qu'il en gagnait, il le dépensait en futilités. Les billets lui glissaient entre les doigts comme des savonnettes. C'était plus fort que lui. Pour Davis, la vie était un jeu et il fallait la risquer à tout moment. C'est comme ça qu'il a misé tout notre argent dans un coup risqué. Des parts dans un casino qui n'a jamais vu le jour. Une affaire saine, m'avait-il certifié. Tu parles. Du jour au lendemain, on a perdu tout notre capital. Il fallait tout recommencer à zéro.

On s'est retrouvés un soir aussi démunis que le premier jour.

– Bon Dieu, Davis, on ne possède plus rien !

– C'est le jeu, Willcox.

– Peut-être, mais ces dollars, j'aurais préféré les perdre à une table de poker.

– Ne t'en fais pas. Je te promets qu'on va se refaire. Et très vite !

– Avec quel argent ?

– Ne t'inquiète pas pour ça. Je connais des types prêts à m'avancer deux mille dollars rien que pour me voir jouer. Non, le problème, c'est de trouver des adversaires prêts à jouer gros. Et pour ça, j'ai ma petite idée...

On n'était pas loin de Los Angeles et toutes les fortunes d'Hollywood venaient en week-end à Las Vegas. Parmi elles, Nick Zimmermann, l'un des plus gros producteurs de films du cinéma américain.

Zimmermann avait sa table à l'année au casino The Horseshoe, chez Benny Binion, sans doute le plus grand joueur de poker de tous les temps. Il venait y passer de nombreuses soirées et plumait tous les pigeons de passage. Pour avoir son entrée à la table de Zimmermann, il fallait montrer patte blanche et être précédé d'une bonne réputation de joueur, ce qui n'était pas le cas de tout le monde. Mais, avec un peu d'entregent, pas mal d'argent et beaucoup de culot, on finissait par obtenir son sésame. Ce qu'il faut savoir, c'est que le ticket d'entrée était tout de même de mille dollars.

A ce prix-là, il n'y avait pas foule. Des types comme Tom Abdo – qui finit par mourir d'une crise cardiaque au cours d'une partie –, Johnny Moss, Amarillo Slim Preston, Jack Keller ou Joe Bernstein. Rien que des as.

Mille dollars, même dans les années 80, ça représentait déjà une petite fortune.

C'est pourtant ce que projetait Davis. Emprunter deux mille dollars. S'inviter à la table de Zimmermann, le faire jouer gros et lui prendre tout son argent. Un coup fumant.

L'occasion se présenta un soir d'été.

Il faisait une chaleur torride et, à part jouer au poker en buvant quelques verres, il n'y avait vraiment rien d'intéressant à faire cette nuit-là. Quant à séduire une fille, il ne fallait pas y compter, nous n'avions plus un sou en poche.

Davis me donna rendez-vous au Horseshoe. Il venait d'apprendre par l'un de ses informateurs que Zimmermann y était et n'en repartirait probablement pas avant l'aube. C'était l'occasion rêvée. Soit on parvenait à se refaire, soit on sombrait définitivement corps et biens.

Zimmermann aimait jouer au poker lorsqu'il y avait au moins six joueurs. Ça donnait plus d'attrait à la partie. Or, ce fameux soir, deux de ses partenaires habituels n'avaient pu le rejoindre. Dans la salle du Horseshoe qui leur était réservée, ils n'étaient que quatre : Zimmermann et trois autres types aussi riches que lui : Goldblum, un autre producteur de films, Hawkins, un richissime industriel, et Clayborne, le plus grand promoteur de la ville. Des gars dont la fortune représentait le dixième du budget de la ville. Et pour qui miser mille dollars n'était qu'un remède contre l'ennui. Seulement, à force de jouer chaque semaine, ils étaient devenus de vrais professionnels. Et, à ce titre, ils n'aimaient pas perdre. Pour eux il ne s'agissait pas simplement d'argent, mais d'honneur.

Ce soir-là, en quelque sorte, ces types nous attendaient.

Je rejoignis Davis vers onze heures et je vis qu'il trépignait d'impatience. Il était assis au bar, un verre à la main, et épiait Zimmermann ainsi que les autres joueurs de la table.

Je m'assis à ses côtés, commandai une bière et tendis l'oreille. Davis me confia sans me regarder :

– C'est le bon soir.

– Comment le sais-tu ?

– J'ai suivi la partie sans en perdre une miette.

– Et alors ?

– Zimmermann est un très bon joueur mais il n'a personne pour lui tenir tête. Il a gagné trois parties sur quatre. Il ne bluffe presque jamais, ne prend aucun risque et a la chance avec lui. Il mérite d'autres partenaires.

Je jetai un œil à Zimmermann, mais Davis me rappela aussitôt à l'ordre.

– Ne te retourne pas. D'ailleurs, inutile de le regarder longtemps pour comprendre qu'il va encore gagner ce coup. Je suis certain qu'il possède un brelan dans son jeu.

Davis Dam, c'était ça. Un seul coup d'œil lui suffisait pour savoir si une partie était intéressante ou non. Ce qu'il faisait, dans ces moments-là, c'était plus que de la psychologie : ça tenait de la sorcellerie. Il vous regardait dans les yeux et il devinait si vous aviez du jeu ou non. Jamais je ne l'ai vu se tromper une seule fois.

Davis les observa pendant de longues minutes, puis me dit :

– J'avais raison. Brelan de dames. C'est le moment d'intervenir et d'intéresser la partie.

Il se leva d'un bond, finit son verre et le reposa sur le comptoir avec un claquement sec.

Je n'étais pas aussi convaincu que lui de l'opportunité qui se présentait à nous.

– Tu en es sûr ?

– Certain. Il a eu du jeu, mais personne n'a suivi. Je suis sûr qu'il s'ennuie à cent sous de l'heure depuis au moins trois tours. Allons-y.

Davis s'approcha lentement d'eux, se planta devant le producteur et demanda d'une voix un peu nasillarde :

– Hé, les gars, je vois qu'il vous manque deux joueurs. On peut s'inviter à votre table ?

Sans même lever la tête de son jeu, Zimmermann répondit :

– D'accord. Si vous êtes deux. Et que vous avez cinq mille dollars chacun.

– Cinq mille dollars ? m'écriai-je. On nous avait pourtant dit que mille dollars suffisaient.

Zimmermann nous jeta un regard étonné et répondit en grimaçant et en balançant la tête de droite à gauche :

– Qui vous a dit ça ?

Davis me foudroya du regard et je balbutiai :

– Personne... J'avais simplement cru comprendre que...

– Non, coupa Zimmermann en s'esclaffant. Mille dollars, c'est pour les membres du club. Pour les autres, c'est cinq mille !

Cinq mille dollars. C'était une sacrée somme. Ce type se payait notre tête. Sans doute voulait-il nous forcer à abandonner. Ou bien nous plumer jusqu'au dernier *cent*.

– Dans ce cas..., fis-je, dépité, conscient que nous ne possédions que deux mille dollars.

Davis intervint et dit d'une voix grave :

– Dans ce cas, nous acceptons !

Je fis volte-face, tentant de comprendre où il voulait en venir. Mais il se contenta de me regarder en souriant sans me donner plus d'explications.

Zimmermann, méfiant, ajouta :

– Puis-je voir votre argent, s'il vous plaît ?

Davis saisit une enveloppe dans la poche de sa chemise et la lança sur la table.

– Il y a là dix mille dollars. Pas un *cent* de plus. Je pense que ça ira pour ce soir.

Je restai abasourdi. Davis ne m'avait pas dit toute la vérité sur son emprunt.

– Tu es fou, rétorquai-je.

Mais il ne répondit pas.

– Puisque vous avez la somme..., fit Zimmermann.

Il se jeta en arrière dans son fauteuil et aspira une bouffée de cigare qu'il recracha lentement vers le plafond, avant de conclure :

– J'accepte !

Un temps.

– Au fait, comment vous appelez-vous ? ajouta-t-il.

– Moi c'est Willcox.

– Et moi Davis Dam.

Zimmermann parut amusé. Quelques rires fusèrent autour de la table.

– Vraiment ?

– Puisqu'on vous le dit.

– Eh bien, Willcox et Davis Dam, puisque tels sont vos noms, prenez place à cette table. Nous allons voir ce que vous valez à ce jeu !

Et c'est ainsi que commença la partie de poker la plus importante de ma vie.

– Asseyez-vous, dit Zimmermann.

Davis prit un siège adossé au mur, juste en face de la porte. De là, il pouvait voir tout le monde et suivre chaque mouvement. Quant à moi, je m'assis en face de lui.

Le producteur, qui se trouvait à ma gauche, alluma un cigare, commanda une bouteille de whisky et sourit en contemplant ses deux nouveaux adversaires. Chacun but une gorgée en dévisageant les autres.

Zimmermann battit le jeu et s'apprêtait à distribuer les cartes lorsque Davis fit non de la tête.

– Pas de ça, l'ami. On va jouer avec un jeu neuf.

L'homme eut un petit rire étranglé.

– Vous ne me faites pas confiance ? Hein, c'est ça ?

Davis fit rouler son cigare entre ses lèvres, d'une commissure à l'autre, puis sortit de la poche de sa chemise un jeu de cartes entouré de cellophane.

– Disons que cela évitera toute réclamation. Et tout malentendu.

Zimmermann jeta un regard gêné autour de lui, mais comme personne ne semblait vouloir lui venir en aide, il choisit de se taire et d'accepter.

– D'accord. On joue avec un jeu neuf. Voici mes cinq mille dollars. Nous sommes bien d'accord ? Ceci constitue la cave de départ. Quoi qu'il puisse se passer, il n'est pas interdit de se recaver, mais jamais sur un coup, bien entendu.

– OK, fit Davis.

Tout le monde acquiesça d'un signe de tête.

– Bien, on peut y aller, dit Zimmermann.

Il disposa devant lui une liasse de beaux billets verts. Chacun fit de même et la partie commença.

Premier tour. Dans mon jeu, une paire de huit. Zimmermann changea deux cartes. J'en fis autant. Chacun des autres en demanda trois. Les enchères débutèrent. Le producteur lança de cent dollars. Je décidai de passer. Goldblum et Clayborne firent de même. Seuls Davis et Hawkins continuèrent. Ils se contentèrent de suivre sans relancer. Zimmermann montra son jeu. Il avait un brelan de deux. Hawkins n'avait qu'une paire de rois et Davis une paire d'as.

– Ça commence bien, fit Zimmermann en clignant de l'œil à l'adresse de ses trois amis.

– Oui, observa Hawkins, et en général, quand ça commence bien, ça se termine toujours mal.

– Parlez pour vous, Hawkins ! rétorqua-t-il en grognant.

Les deux tours suivants furent remportés successivement par Clayborne et Goldblum.

Enfin Zimmermann reprit la main et ne la quitta plus. Il nous battit tous à plusieurs reprises avec des paires, des doubles paires, des brelans et même des fulls qu'il semblait sortir de son jeu comme par magie.

– Vous êtes en veine ce soir, fis-je observer.

L'homme sourit de toutes ses dents et annonça fièrement :

– Je suis toujours en veine pour le poker. Vous auriez dû le savoir avant de venir vous asseoir à cette table !

Il avait raison. Malgré notre science du jeu, Davis et moi n'avions pas gagné une seule donne. C'était à désespérer. Il ne nous restait qu'une poignée de dollars.

– Je crois que je vais me retirer avant qu'il ne me reste plus rien, dis-je d'un ton de dépit.

– Oui, fit Zimmermann, à moins que vous ne préfériez faire la plonge dans ce casino le reste de votre existence !

Et il partit d'un rire gras et sonore, repris en écho par les trois autres milliardaires. Ces types-là ne doutaient de rien. Quand la chance est avec soi, on prend confiance et il n'y a plus qu'à se laisser porter par le jeu.

– C'est bon, j'abandonne, fis-je en me levant,

conscient que j'avais perdu en un temps record presque tout mon argent.

Je jetai un regard à Davis qui demeurait imperturbable, l'œil fixé sur son jeu.

– Moi je reste, fit-il.

Le visage de Zimmermann fut traversé d'un sourire qui en disait long.

– Vous au moins, vous n'avez pas froid aux yeux !

La partie changea de tournure quand Davis gagna trois fois de suite de grosses mises. Avec un très bon jeu – deux brelans et un full aux as par les huit. Ce qui lui permit de récupérer sa mise de cinq mille dollars et, par la suite, de la doubler.

Voyant le vent tourner et ayant perdu la plus grande partie de leur capital au profit des deux héros de la soirée, Goldblum et Hawkins se retirèrent à leur tour. Seul Clayborne s'accrocha encore quelques tours, avant d'abandonner lui aussi, dépouillé de son argent.

Vers minuit, il ne restait plus que Davis et Zimmermann. Le premier disposait d'un peu plus de dix mille dollars. Le second de presque vingt mille. Et Davis, sensiblement, remontait.

– La partie n'est pas finie, dit le producteur en buvant une gorgée de whisky.

Davis le dévisagea, tout en mordillant son cigare, puis déclara :

– Non, vous avez raison. Elle ne fait que commencer.

Ceux qui n'ont jamais joué au poker ne peuvent comprendre ce que signifie ce jeu. D'ailleurs ce n'est pas un jeu. C'est de l'adrénaline pure. Une question de vie ou de mort. A chaque tour de cartes, on joue sa peau. Et c'est ça qui fait du poker un jeu à part.

Jouer sa peau : c'était vraiment ça qui plaisait à Davis Dam. Risquer sa vie à tout moment. Atteindre le grand frisson. Pour lui, c'était comme évoluer sur un champ de bataille. Attaquer sans relâche ou bien attendre l'ennemi embusqué. Et finir par un duel sanglant, un corps à corps dont l'un des assaillants ne se relèverait pas. C'était ça qui le motivait. Jouer sa vie aux cartes. Et c'était exactement ce qu'il avait en tête à ce moment précis. Désormais, sur le champ de bataille, ils n'étaient plus que deux : lui et Zimmermann.

L'ultime combat commençait.

Distribution de cartes.

Pour Zimmermann, un neuf, un dix, une paire de valets et un roi.

Pour Davis, un cinq, un six, un sept à cœur et une paire de huit, dont le huit de cœur.

– Trois cartes, annonça le producteur.

– Une carte, dit Davis.

Seconde distribution. Tension extrême. Goldblum, Hawkins et Clayborne suivaient la partie avec grand intérêt. Ils échangeaient quelques mots en sourdine et semblaient apprécier l'audace et la maîtrise de mon compagnon. Quant à moi, j'avais la gorge trop nouée pour pouvoir proférer le moindre son.

– Je lance de cinq cents dollars, fit Davis.

Son adversaire leva les yeux vers lui et fronça les sourcils. Il n'avait pas regardé son jeu. Pas encore.

– Plus cinq cents dollars.

Un temps. Davis relança.

– Cinq cents dollars plus cinq cents.

– Cinq cents dollars plus cinq cents, lança Zimmerman.

– Cinq cents plus mille dollars.

Zimmermann se mit à suer.

– D'accord, pour voir...

Alors lentement, très lentement, les deux hommes dévoilèrent leurs cartes, les posant l'une après l'autre sur la table dans un silence de mort.

Pour Zimmermann, un full, encore un full, cette fois aux valets par les dames. Beau jeu. Presque trop beau pour être vrai.

– Je crois que vous venez de perdre une grosse somme, fit le producteur en souriant.

Il rassembla les mises et allait s'en saisir quand Davis, d'un geste sec, le retint par le bras.

– Pas si vite.

Il dévoila son jeu. Un cinq, un six, un sept, un huit... et un quatre de cœur.

– Quinte flush ! Je crois que c'est vous qui avez perdu gros cette fois-ci, monsieur Zimmermann.

Le producteur, les yeux exorbités, resta cloué dans son fauteuil.

– C'est... C'est incroyable !

– N'oubliez pas que, parfois, la chance tourne.

Davis gagna encore à trois reprises. Il possédait alors plus de vingt mille dollars.

Zimmermann commençait à se sentir mal à l'aise. Il avait beau essayer de bluffer, croiser les doigts, triturer la médaille porte-bonheur pendue à son cou, rien n'y faisait. Chaque coup était remporté haut la main par son adversaire. Lorsqu'il eut perdu ses derniers dollars, n'y tenant plus et jugeant que la comédie avait assez duré, il jeta ses cartes sur la table et s'écria :

– Vous avez gagné ! Je m'incline, il n'y a décidément rien à faire. La chance n'est pas avec moi ce soir.

Il suait et tremblait de rage car, de sa vie, il n'avait jamais connu pareille humiliation devant ses amis.

– Non, ce n'est pas fini.

– Qu'est-ce que vous voulez de plus ? demanda Zimmermann, pâle comme un linge.

Davis se tourna vers moi, me jeta un regard furtif, et dit :

– Ce que je veux, c'est aller jusqu'au bout. La partie ne sera pas terminée tant que l'un de nous deux n'aura pas courbé l'échine.

– Trente mille dollars ne vous suffisent donc pas ? C'est pourtant un joli pactole pour une seule partie de cartes.

– C'est vrai. Mais quand je commence quelque chose, j'aime bien le terminer. Quoi qu'il advienne. Et, vous l'avez dit en début de partie, il n'est pas interdit de se recaver.

– Vous voulez donc continuer, c'est ça ?

– A vous de décider.

Zimmermann réfléchit un instant, puis adressa un signe à Goldblum qui se pencha vers lui. Après un bref échange, Goldblum se dirigea vers la caisse centrale du casino pour en revenir un peu plus tard, une nouvelle liasse de billets à la main.

– Voici vos trente mille dollars, monsieur Zimmermann !

Clayborne et Hawkins en eurent le souffle coupé. Quant à moi, je n'en croyais pas mes yeux.

Sans aucun commentaire, Davis distribua de nouveau les cartes.

La partie devenait de plus en plus fiévreuse. La nuit était déjà très avancée. A mesure que les heures s'étaient écoulées, les autres joueurs avaient quitté leurs tables pour venir faire cercle autour de nous.

Goldblum, Clayborne et Hawkins gardaient les yeux rivés sur les visages. Quant à moi, j'étais tellement excité que je n'avais plus aucune notion du temps. Il y avait quand même soixante mille dollars sur cette table. Soixante mille fichus dollars qui, peu à peu, tombaient dans l'escarcelle de Davis.

Zimmermann observait sans broncher, avec, à chaque tour de cartes, la sensation un peu plus nette de voguer sur un bateau qui sombrait lentement.

Davis avait désormais quarante mille dollars tandis que son adversaire n'en possédait plus que vingt.

Soudain, Davis fit une ouverture à deux mille dollars. Cela devenait sérieux. Je compris qu'il se passait quelque chose.

– Qu'est-ce que vous dites ? fit Zimmermann.

– J'ouvre à deux mille dollars.

Le producteur faillit s'étrangler en buvant son whisky. Puis, après une forte quinte de toux, il reprit peu à peu ses esprits et tenta malgré tout de réfléchir. Soit son adversaire avait du jeu, soit il bluffait. Il pensa qu'il bluffait. Il avait un brelan de rois ce qui était tout de même un jeu solide. Il fit semblant d'hésiter puis, à son tour, relança de deux mille, bien que, il le savait, il ne soit jamais recommandé de relancer avec un brelan.

– Plus quatre mille dollars ! fit Davis le plus tranquillement du monde.

Nouvelle quinte de toux. Il était piégé mais il n'était plus temps d'hésiter, il ne voulait pas céder.

– Quatre mille dollars plus deux mille.

– Je relance encore de quatre. Ce qui fait quatorze mille dollars !

Un long, très long silence. Les deux hommes contemplèrent le tas de beaux billets verts au milieu de la table. J'étais livide, que pouvait bien avoir Davis dans son jeu ? Ce qui était certain, et c'est aussi ce que pensa Zimmermann, c'était que cette fois il ne bluffait pas.

– Un coup à vingt-huit mille dollars ! constata Zimmermann.

– Si vous suivez, bien entendu, confirma Davis.

Soit Zimmermann abandonnait et perdait dix mille dollars, soit il payait quatre mille pour voir et risquait alors d'en perdre quatorze. Mais il est difficile de se coucher, surtout quand on a déjà payé dix mille dollars.

– Quatre mille pour voir ! finit-il par dire.

La tension était à son comble. Goldblum et Hawkins n'osaient plus se regarder. Il était évident, puisqu'il allait voir, qu'il avait du jeu lui aussi.

Voilà qui rendait la partie excitante au plus haut point. Il n'y avait plus qu'à abattre les cartes et constater qui allait finalement l'emporter.

– Brelan de rois ! fit Zimmermann, en étalant ses cartes sans attendre que Davis montre les siennes.

C'était pourtant lui qui avait demandé à voir.

– Et vous ?

Davis ne dit rien. Il se contenta de dévoiler son jeu en posant ses cartes une à une sur la table.

– Un dix...

Silence religieux. On pouvait entendre les mouches voler dans la salle.

– Un valet...

La pomme d'Adam de Zimmermann montait et descendait au rythme des secondes qui s'égrenaient.

– Une dame...

Les visages d'Hawkins, de Clayborne et de Goldblum furent traversés d'effroyables rictus.

– Un roi...

Une suite. Davis avait une suite. C'était l'évidence même et, à cinquante-deux cartes, la suite bat le brelan. Je ne tenais plus en place. Il manquait une carte. La dernière. Celle qu'il tenait encore face cachée au creux de sa main, comme un trésor. Un as, il fallait un as pour former une suite. Ou, bien sûr, un neuf.

Davis attendit encore plusieurs secondes, jouant avec les nerfs de tous, puis il annonça :

– Et un deux !

Silence glacial.

Le visage de Zimmermann s'illumina.

– Du bluff ! s'écria-t-il, comme s'il n'y croyait pas et tentait de se persuader de sa chance. C'était du bluff !

Davis m'adressa une grimace comme pour s'excuser de son coup d'audace qui avait lamentablement échoué.

– Ce type ne manque pas d'air. Et dire que j'ai failli me laisser prendre !

Maintenant que la pression était retombée, chacun y alla de son petit commentaire.

– Jamais vu un bluff d'une telle témérité ! s'exclama Clayborne.

– Oui, il fallait oser ! observa Hawkins. Mais c'est perdu !

– Il l'a raté de peu, mais c'était bien tenté ! dit Goldblum.

La conclusion vint de Zimmermann qui, grand seigneur, contemplait son adversaire avec beaucoup de respect.

– Ça, on peut dire que vous êtes un sacré joueur de poker !

– Sûr, approuvai-je en voyant mes derniers espoirs s'envoler. Sans doute le meilleur. Mais cette fois le bluff n'a pas pris.

J'avais presque les larmes aux yeux. Tout s'était joué à la dernière seconde.

Davis, lui, ne réagissait pas. Il était passé si près du bonheur qu'il n'en revenait pas.

– Jamais vu quelqu'un perdre quatorze mille dollars d'une aussi belle façon, fit Clayborne.

Il avait raison. Et Davis le savait. On pouvait perdre parfois, quand on y mettait la manière.

– Une dernière manche, monsieur Zimmermann ? fit Davis.

Le producteur eut un sourire carnassier.

– Vous venez de perdre quatorze mille dollars. Et vous vous entêtez encore ?

– Oui.

– Pourquoi ?

– Cela me regarde... Alors une dernière donne ?

– Pourquoi pas ?

Je voulus empêcher Davis de commettre une telle folie en lui prenant les cartes des mains, mais il arrêta aussitôt mon geste, saisit mon bras dans sa poigne et secoua la tête de gauche à droite en me regardant.

– Je sais ce que je fais, Willcox.

– Je n'en suis pas si sûr...

– Ne vous inquiétez pas, ajouta le producteur. Tout ce que risque votre ami, c'est de perdre les vingt-six mille dollars qui lui restent !

Et il partit d'un rire sonore, comme à son habitude, ce qui me donna froid dans le dos.

– Tu ne crois pas qu'il vaudrait mieux s'arrêter là ? Je pensais qu'il était plus judicieux de rembourser l'emprunt et de se partager les gains qui restaient.

– Laisse-moi faire, fit Davis. Juste un dernier coup.

Je le regardai. Il émanait de sa personne un je-ne-sais-quoi d'irréel, d'étrange. Une sorte d'assurance inébranlable qui le mettait hors d'atteinte de tout revers.

– D'accord. Juste un coup. Et puis, quoi qu'il arrive, on s'en va.

Il distribua les cartes une dernière fois.

Tension extrême.

– Deux cartes, fit Zimmermann.

– Servi, dit Davis.

Silence.

– Servi ?

– Oui, fit Davis en grinçant des dents.

Davis avait donc d'entrée un jeu superbe ou il bluffait superbement. Mais pouvait-il bluffer deux fois de suite, surtout après un tel échec ? C'était improbable. En revanche, ce qui était bel et bien assuré, c'était que la partie s'annonçait palpitante.

– Je lance de deux mille dollars ! fit Davis.

Les deux hommes avaient décidé d'aller jusqu'à la curée.

– Deux mille dollars plus deux mille, dit Zimmermann.

– Plus quatre mille dollars !

Zimmermann hésita un très long instant. Où s'arrêterait le bras de fer ? Malgré tout, et sans doute plus par défi que par calcul, il choisit de continuer.

– Quatre mille plus quatre mille.

Davis comprit que son adversaire ne voulait pas perdre la face, mais comme sa voix se faisait chaque fois plus hésitante, il jugea que le moment était venu de lui donner l'estocade.

– Maintenant j'annonce...

Zimmermann, soudain anxieux, fronça les sourcils :

– Vous annoncez quoi ?

Que pouvait-il annoncer ? Il possédait encore dix-huit mille dollars.

Silence glacial. Clayborne, Hawkins et Goldblum tendaient l'oreille. Quant à moi, je n'en menais pas large.

– J'annonce tapis ! dit Davis sans trembler, le visage impassible.

– Quoi ? hurla le producteur.

– Tapis ! répéta Davis.

– Vous plaisantez ?

– Je n'ai jamais été aussi sérieux de ma vie.

Et il poussa ses derniers dix-huit mille dollars au centre de la table.

– Vous suivez, monsieur Zimmermann ?

L'homme réfléchit. Il ne s'était pas attendu à ça. Pour la première fois de sa vie, il comprenait que l'argent ne l'intéressait plus. Ce qui le grisait, c'était la façon dont Davis Dam jouait au poker. Il aurait aimé pouvoir risquer ainsi sa vie sur un coup de tête.

Pourtant il ne pouvait raisonnablement pas suivre un tapis sur un joueur servi et de la trempe de Davis Dam. C'était du suicide. Il pouvait encore se retirer honorablement, sans avoir tout perdu, et sortir de cette salle la tête haute.

C'est finalement ce qu'il choisit de faire.

– Je... Je passe ! annonça-t-il d'une voix blafarde. Et j'annonce que la partie est terminée !

– Oh mon Dieu ! gémit Goldblum. Sage décision !

Et il se signa comme pour conjurer le sort.

Davis récupéra aussitôt l'argent étalé devant lui. Il possédait désormais trente-huit mille dollars. Une très belle somme.

Dans le casino, plus un bruit. La foule qui nous entourait restait muette, encore sidérée par l'enjeu extraordinaire qui avait opposé Davis Dam à Zimmermann.

Et qui venait de se terminer par la victoire éclatante de mon ami.

Chacun reprenait son souffle.

Maintenant, il ne restait plus aux joueurs qu'à se serrer la main et à rentrer chez eux.

Ce qu'ils firent aussitôt sous un tonnerre d'applaudissements.

– Sans rancune, fit Davis.

Zimmermann posa sa main sur l'épaule de son adversaire et lui murmura à l'oreille :

– Vous, on peut dire que vous êtes un sacré joueur de poker !

– C'est la deuxième fois que vous me le dites ce soir.

– Alors ça doit être vrai !

Trente-huit mille dollars. En sortant du casino, Davis compta tous les beaux billets verts qui lui brûlaient déjà les doigts. Il y avait là trois cent quatre-vingts coupures de cent dollars dont, sans doute, il ne resterait rien dans quelques jours.

– Tiens, Willcox, voilà ta part, me fit-il en me tendant la moitié des gains.

Je repoussai sa main et fis non de la tête.

– Cet argent t'appartient, Davis. Moi, je n'ai rien fait. J'ai même perdu les cinq mille dollars que tu m'avais confiés.

– Une association est une association. Peu importe la manière dont les choses se sont déroulées. Ce qui compte, c'est le résultat.

– Non, Davis. Pas cette fois. D'ailleurs il n'y a plus d'association.

Il parut étonné.

– Que veux-tu dire ?

– Pour moi, le poker, c'est terminé. Fini. Trop de risques. Et puis, je crois que cette partie m'a servi de leçon.

– Tu dis ça sans réfléchir, et tu changeras d'avis demain.

– Non. Je te jure que non. Plus jamais de ma vie je ne toucherai à une carte ! J'en ai assez.

– Pourquoi ?

– Pourquoi ? Tu me demandes pourquoi ? Mais tu as failli me rendre fou, ce soir ! Encore une partie de ce genre et je meurs d'une crise cardiaque ! Un instant tu possèdes une fortune, et la seconde d'après tu n'as plus rien. Autant jouer à la roulette russe. Au moins, lorsque tu perds, tu n'es plus là pour te morfondre !

– Mais j'ai tout de même fini par gagner !

– Peut-être, mais jamais un succès n'a eu autant le goût de la défaite. Tu aurais dû perdre cent fois cette partie, tu le sais aussi bien que moi !

Davis me regarda comme si j'étais un extraterrestre.

– C'est ça, le poker !

Un long silence.

– Alors, c'est vrai, notre association est rompue ?

– Je crois que je ne possède plus les nerfs pour jouer avec toi.

– Dommage...

– Il faut savoir s'arrêter un jour.

– Alors bon vent à toi, Willcox.

– Bon vent, Davis.

Il s'éloigna et j'eus soudain un pincement au cœur.

– Davis ?

Il s'arrêta et se retourna. Le soleil qui se levait à peine baigna son visage d'un halo de lumière virginale, comme s'il s'était agi d'un saint dont j'apercevais pour la première fois l'auréole.

– Quoi encore ?

Je réfléchis et demandai :

– Je voulais savoir une chose, tout de même, avant que tu ne partes...

– Laquelle ?

– Quelles Bon Dieu de cartes avais-tu en main ? Je veux dire, pour oser tout risquer en un seul coup, pour oser le tapis, quel jeu avais-tu réussi à dégoter ?

Il me regarda curieusement et resta impassible. Ce que je lui demandais était tabou au poker. Puisque Zimmermann avait refusé de le suivre, il n'avait pas à dévoiler son jeu. Même une fois la partie terminée. Même dans un siècle. Mais c'était plus fort que moi. Je désirais savoir. Était-ce un carré, une couleur, un full ou un simple brelan ? Ce ne pouvait pas être une double paire. Non, pas pour un point aussi important.

– Tu peux me le dire maintenant.

– Il n'y a rien à dire.

– Pourquoi ?

Avant de répondre, Davis regarda autour de lui et contempla le soleil qui se levait sur la ville. Une aube nouvelle sur Las Vegas.

– Parce que je n'avais rien !

– Quoi ? Qu'est-ce que tu racontes ?

– Je n'avais rien, je te dis. Pas le moindre jeu. Rien du tout.

Je le regardai, stupéfait. Ce type-là était encore plus déroutant que je ne l'avais imaginé.

– Rien ? Pas une paire ?

– Non.

Il ajouta encore :

– Juste un as. Un as de cœur. C'est cette carte, sans doute, qui m'a porté chance.

– Et si Zimmermann avait suivi ?

– Alors j'aurais tout perdu.

– Merde alors !

Le sang-froid de ce type m'impressionnait au plus haut point.

– Le plus important aux cartes, fit Davis, ce n'est pas d'avoir du jeu. C'est de faire croire aux autres que tu en as.

Il ajouta encore :

– D'ailleurs, en général, on a rarement du jeu. Par essence, la chance est quelque chose d'aléatoire et d'une rareté absolue. Et certains n'en ont jamais. Mais tout ça n'a aucune importance. Le tout, c'est de faire comme si on en avait.

Il recompta ses billets, me jeta un regard en coin et me dit :

– Ça te dirait de faire une dernière partie avec moi ?

– Non merci, répondis-je.

Il me fit un signe de la main et me dit au revoir.

– A un de ces jours, peut-être, au paradis des joueurs de poker. Qui sait ? Les bonnes tables ne doivent pas être si nombreuses là-haut.

– A un de ces jours, Davis, ici ou ailleurs.

Et il s'éloigna.

Je ne l'ai jamais revu.

Depuis ce jour-là, je n'ai plus jamais touché une carte de ma vie. Après avoir assisté à une partie pareille, que pouvais-je espérer ?

Je suis pourtant certain que Davis Dam, lui, continue à écumer les salles des États-Unis. Avec une dose de sang-froid extraordinaire, une science du bluff inégalable et aussi pas mal de chance.

Et que, désormais, on l'appelle Poker.

REMERCIEMENTS

Je tiens à remercier tout particulièrement Françoise Chaffanel-Ferrand, Richard Ducousset et Francis Esménard pour leur aide précieuse et leur soutien.

Table

Maxence Fermine dans Le Livre de Poche

L'Apiculteur n° 15256

« Je recherche l'or du temps », écrivit le poète André Breton. Cette maxime aurait pu être celle d'Aurélien, héros de ce roman d'aventures initiatique. Depuis qu'une abeille a déposé sur sa ligne de vie une fine trace de pollen doré, ce jeune Provençal de la fin du XIXe siècle ne rêve plus que de l'or – un or symbolique, poétique, qui représente bien plus que le métal précieux. Son rêve le décidera à se détourner des champs de lavande familiaux pour installer des ruches et fabriquer le miel le plus suave. Puis, après l'anéantissement de son travail par un violent orage, à partir pour l'Abyssinie, où l'attend une femme à la peau d'or, qu'il a vue en rêve... On croise Van Gogh et Rimbaud dans ces pages lumineuses, où le songe doré d'Aurélien lui vaudra de connaître bien des aléas, avant qu'il ne découvre l'or véritable de sa vie.

Opium n° 30100

C'est une route aux mille parfums, aux mille périls aussi : celle qui, partant de Londres pour atteindre les Indes, se perd irrémédiablement dans l'Empire de la Chine. Un périple que l'on nomme la route du thé. Pour la première fois, en 1838, un homme va s'y aventurer, décidé à percer le secret des thés verts, bleus et blancs, inconnus en Angleterre. Au fil de son voyage, il va rencontrer Pearle, un riche négociant irlandais, Wang, le gardien de la vallée sacrée, Lu Chen, l'invisible empereur du thé, et Loan, une Chinoise aux yeux verts qui porte, tatouée sur son épaule, une fleur de pavot. Au terme de sa quête, l'opium. Un amour que l'on ne choisit pas.

Du même auteur :

Aux Éditions Albin Michel

L'APICULTEUR, 2000, prix del Duca 2001, prix Murat 2001.

SAGESSES ET MALICES DE CONFUCIUS, LE ROI SANS ROYAUME, 2001.

OPIUM, 2002.

Aux Éditions Arléa

NEIGE, 1999.

LE VIOLON NOIR, 1999.

Composition réalisée par IGS-CP
à l'Isle-d'Espagnac (Charente)

Achevé d'imprimer en Espagne par Liberduplex
Barcelone

Édition 1
Dépôt légal éditeur : 54413-02/2005
Librairie Générale Française – 31, rue de Fleurus – 75278 Paris Cedex 06

ISBN : 2-253-11228-3

31/1228/1